飛行空母《アナハイム》を追え！

制圧攻撃機《ブルドッグ》突撃す

大石英司

Ohishi Eiji

文芸社文庫

目次

主な登場人物

飛鳥《あすか》亮《りょう》三佐―航空自衛隊戦場制圧攻撃機《ブルドッグ》機長

歩巳《あゆみ》麗子《れいこ》——同副操縦士《コーパイ》にして財務省税関部特別審理官

佐竹《さたけ》護《まもる》二佐——————同《ブルドッグ》チーム指揮官

沼田《ぬまた》章一《しょういち》二曹—————同機付き整備士長兼航空機関士

鳴海《なるみ》弘《ひろし》———外務省審議官、領事作戦部（略称《F2》）代表

エミーユ・チェンバレン大佐———飛行空母『アナハイム』艦長

シムズ伍長——————————————同乗組員

ハンティトン曹長————————————同乗組員

サワコ・アップルトン大尉——————米空軍F15操縦士《イーグルドライバー》

ソフィア・ニールセン少佐—————同空中給油機KC135機長

アイバン・アッカーマン中将——————同参謀副長

チャック・バードン中佐——————同F22試験飛行編隊長

リッティ・ルドガー中将——————同太平洋航空軍《PACAF》司令官

ジョニー・オッペンハイマー中佐————同〈レッド・ドッグ〉隊長

アリス・マクリーン——————下院議員、軍事情報委員

ビクトル・ウレンゴイ博士————『アナハイム』主任設計技師

ペーターゼン教授———————〈NOVA〉開発者、故人

ポール・ポークフライ准教授————コロンビア大学数理学部

リンダ・コースペック——————ポークフライの教え子

エイドリー・ウォーケン————————————同

プロローグ

嘉手納《かでな》に籍を置く第九〇九空中給油飛行隊のソフィア・ニールセン少佐は、KC―135空中給油機《ストラト・タンカー》の機外点検を終えると、ずぶ濡れのコートを脱ぎながら、コクピットへと上がった。

沖縄《おきなわ》への出発は夜半のはずだったのに、五時間も離陸を早めるはめになった。しかも、機内タンクに燃料を満載しての離陸だ。

「七〇パーセント、もう少しで満載です」

給油を管制するアイバン・ライト伍長が、ガムを嚙《か》みながら出迎えてくれた。

「それぐらいでいいんじゃないの？」

「向こうは、どの程度給油できるか解《わか》らないと言ってます。ひょっとしたら、ここへ降りるまで三〇分おきに給油しなきゃならないかもしれない」

「いずれにしてもたいした量じゃないわ」

コクピットに入ると、機関士のリリー・マルゲロス中尉が、エンジン計器盤を睨《にら》んでメモを取っていた。

「ワイキキで彼氏と昼飯の予定があったんですよ。私」

「この天気じゃ、どうせビーチは遊泳禁止でしょ。あたしだって、ショッピングの予定があったんだから」

「ブラッドリー大尉はまだですか？　無理なら、二人でフライト・チェックやっちゃいますけど」

「MPが、大尉が入り浸《びた》りそうなところを回っているわ。無理もないわよ。こんなウェザーで飛行が早まるなんて誰も考えないもの」

「大尉が来なけりゃあどうするんです？」

「スターリフターのパイロットを見つけたわ。前に、一緒に飛んでいたことがあるの。ぎりぎりまで待って駄目ならと管制塔に伝えてあるから」

少佐は、レフト・シートに収まると、フライト・バッグをかたわらに置き、チェックリストを「お願い」とリリーに手渡した。

コクピットの風防ガラスから見る地上の駐機場《エプロン》は、激しい雨が叩《たた》き付け、まるで、波打っているように見えた。

リリーが読み上げるチェックリストをひとつひとつ片付けていく。

燃料給油が終わるころ、サイレンを鳴らしながら、MPのハンヴィが機首の真下でブレーキをきしませた。飛沫《しぶき》が派手に上がった。

ドタドタと、ラダーを二段跳びしながら、副操縦士のトニー・ブラッドリー大尉が飛び込んで来た。ライト伍長がバスタオルを放った。

「悪い、伍長。申しわけない！　少佐。着替える暇はありますか？」

「急いでちょうだい」

背後を振り返ると、なんと大尉はゴルフ・シャツ姿だった。

「こんな天気でホールを回ってたの⁉」

「ええ。たまには雨のゴルフもなかなか面白いですよ。あらゆるセオリーが役立たずになる」

大尉は、伍長が積み込んでいた大尉のシーバッグから、フライト・スーツを取り出し、大急ぎで着替えた。

タオルで髪の毛をくしゃくしゃにしながら、コクピットの右側席に収まった。

「いったい何が起こったんです。ＭＰの連中、人を誘拐しておきながら、理由を説明してくれんのだから……」

少佐は、赤い×印が付けられた衛星写真を放って見せた。

アベックの台風が、ハワイを掠《かす》めて東へと向かっている。ちょうどその谷間に、×印はあった。

「空輪中のイーグル戦闘機が、燃料系統のトラブルで墜《お》ちかかっているのよ」

「うへ⁉　こりゃ、最悪のポイントだわ……」

どう計算しても、そのタイフーンを回避するには、最短でも一時間は飛ぶ必要がありそうだった。

「こいつはでかいですね。こんなところで脱出《ベイルアウト》するはめになったら、まず助かる見込みはない」

「ひどい乱気流《タービュランス》に突っ込んだせいで、三基のドロップ・タンクがもげ落ち、挙句《あげく》に機内タンクの系統がやられたらしいの。ほかにも不具合があるみたいで、スピードも出せない。それで、私たちがエスコートすることになったのよ」

「向こうの燃料はどのくらい保《も》つんですか？」

「一時間保たない。ぎりぎりよ」

少佐は、エンジン・パワーを上げて機体を誘導路に乗せると、管制塔に離陸許可を求めた。

厭《いや》な予感がした。誘導路を、強風に流されて椰子《やし》の葉が転がって行った。

「なんだか、この滑走路《ランウェイ》、ひどく汚れていないかしら……」

「掃除したってたぶん同じですよ」

誘導路の端に乗っかると、大尉が雨で冷えきった掌《てのひら》を、パワーレバーに掛かる少佐の右手にかぶせた。

スピード・メーターには、V1、V2速度を示す赤い目印がリリーの手によってセットされていた。

「行きましょう。離陸、ＧＯ！」

パワーレバーをいっぱいに押し込む。右のラダー・ペダルをちょっと踏み込んで、横風に機体がさらわれないよう注意した。

スピードがぐんぐんと上がっていく。

ニールセン少佐は、機体の引き起こしに備えてホイールを握る左手に力を入れた。その瞬間、何かが目前を横切ったような気がした。

パーン！　という甲高《かん》い音がすると、機体がガクンと振動し、ゆっくりと左へと引っ張られ始めた。

「タイヤ・プレッシャーアウト！」

リリーが叫ぶ。

機長であるニールセンに与えられた時間は、きわめて限られていた。まだ離陸決定速度には達していない。その速度に達すると、滑走路をオーバーランするため、離陸を断念することはできない。だが、この状態でスピードを上げるのは至難の業《わざ》だ。

実際には、ニールセン機長は、ほんの一秒も考える余裕はなかった。パワーレバーをぐいと後ろへ引き、さらにエンジン・リバースを入れ、ブレーキ・ペダルを踏み込んだ。

っ込んでいた。
だが、機体はさらに横滑《すべ》りを続け、完全に停止した時には、ノーズが、原っぱに突
ニールセンは、エンジンをカットすると、小さく十字を切った。
「全知全能の神よ、哀れなイーグル・ドライバーに奇跡を与えたまえ……」
ニールセン機の代替《だいたい》機はいないのだ。
ハワイ州ヒッカム空軍基地のメイン滑走路は、その事故により二時間閉鎖された。

ハワイ経由で嘉手納へ向かっていたF―15F『イーグル』戦闘機のコクピットに収まるサワコ・キャサリン・アップルトン大尉は、当分やるべきことがなくなったので、ニーボードにメモ帳をくくり付けて、まず日付をメモした。

二時間前遭遇したタービュランスは、長年空輪《フェリー》・パイロットとして飛んでいる彼女でも、未《いま》だかつて経験したことがない、ひどい代物《しろもの》だった。

いっきに四〇〇〇フィートもの下降を強《し》いられ、ドロップ・タンクがみごとにもげ落ちた。おそらく、そのドロップ・タンクの一基が、昇降舵《エレベーター》を直撃し、左翼側が半分もげていた。

モニターには、最大九・六Gを記録したと数字が残されていた。右の主翼の、少なくとも三カ所が波打っていた。波打つまで機体を酷使しても飛んでいるのが、このイ

ーグル戦闘機の限界性能の優《すぐ》れた部分だが、せっかくの新品も、嘉手納に着くことなくメーカーに送り返されることは避けられない。

ただそれとて、この機体が無事にヒッカムまで届いて、なお強風と暗闇の中、無事に着陸できればの話で、無事に飛べたとしても、ヒッカムまでまだ二時間はあった。四機編隊のうち二機は、すでにタイフーンの真上を飛んでヒッカムへと向かっていた。

隊長機のサム・カッツ少佐だけが、アップルトン機のやや右翼上方に占位《せんい》して、僚機を見守っていた。

サワコ・アップルトンは、最初の一行を認《したた》めた。

「親愛なるお父様、お母様、残念ながら、私自身はこのメモを読むことはできません。誰かが、どこかで回収してくれることを望むのみです」

ペンを握ったまま、夕暮れに霞《かす》む下界を見遣《や》った。海面は、一〇メートルにも達する波が荒れ狂っている。無事に脱出したとしても、海面に着水してパラシュートを切り放す前に溺《おぼ》れ死ぬことだろう。もし、無事に自由の身になって、ボートに這《は》い上がることができたとしても、一人乗り用の救命ボートが、最初の波を無事にやりすごしてくれるとはとても思えなかった。

サワコは、続けてペンを走らせた。

「沖縄で、お祖母様《ばあ》にお会いするのは無理になりました」

サワコの母親は、沖縄の出身だった。ベトナム戦争たけなわの時分、嘉手納へ配備されていたB—52戦略爆撃機のパイロットだった父親と知り合い結婚、サワコは、グアムで生まれた。

娘が空軍士官学校へと進み、イーグル・ドライバーとなったのが父の誇りだった。残念ながら、実戦任務には就《つ》かせてもらえないが、軍における男女同権が達成されるのは、時間の問題だとサワコは確信していた。

「実戦部隊への道が開かれるのを前に、こんなことになって残念です。でも、お父様なら、たぶん私の今の心境を理解してくださることと思います」

幼いころから、サワコは、ミグに撃墜された時の父親の体験話を子守歌代わりに聞かされて育った。

あの時、父親がパラシュートで飛び降りた場所は、敵が待ち受けるジャングルだった。

サワコは、何度も訊《き》いたのだった。「どんな気持ちだったの?」と。

「全然怖《こわ》くはなかったよ。なぜなら、アメリカ空軍は当時でも今でも、最高のレスキュー部隊を持っていたからね」

そう、敵勢力下におけるレスキュー・ミッションに関して、昔も今も、アメリカ空軍以上の装備と作戦と優秀な兵士を揃えている軍隊はない。だが、それも敵に対してのことであって、相手がタイフーンとなるとお手上げに違いなかった。

給油機の離陸状況を尋ねる編隊長の無線が入った。珍しく苛《いら》ついた声だった。迂回《うかい》した挙句にアップルトン機に合わせてスピードを落としている分、向こうの燃料消費も激しいのだ。

ハワイからは、一〇分おきに編隊長機の残燃料も質《ただ》してくる。太陽が、水平線に沈もうとしていた。見渡すかぎり雲で、給油機の姿などどこにもなかった。

太平洋航空軍部隊《PACAF》を預かるリッティ・エドガー・ルドガー空軍中将は、チャートにオーバーレイされた気象衛星写真を真上から睨み付けた。

防空指揮所の先任指揮官を務《つと》めるジョージ・ハウザー大佐が、海軍からのホットラインを置くなり、忌々《いまいま》しげな態度で「掃海艇一隻《せき》いないそうです」と報告した。もしや潜水艦でも潜《ひそ》んでいれば、ごく短時間で回収することが可能だと判断したが、無理だった。

平均風速四〇メートルの、すさまじい天気なのだ。いかなる頑丈な飛行機でも、救助活動ができるような天気ではなかった。

潜水艦とて、パールハーバーに避難させたというのが、海軍からの回答だった。

「民間の船舶は一隻もおりません。沿岸警備隊《コースト・ガード》からの報告では、日本人が乗ったヨットが一隻、三〇〇キロ東南にいるそうです。一人乗りによる太平洋横断のスピード記録に挑戦するためで、コースト・ガードの警告にも従わず避難しなかったそうです」

「浮かんでいるのか？」

司令官は、信じられないといった表情で尋ねた。

「ええ。コースト・ガードは一五分おきに無線で連絡を取り合っているそうです。ただ、この天気じゃ、キャビンの外へ出るのは無理でしょう」

「コースト・ガードへ救助を打診させろ。精確な位置も聞き出すんだ。それしか手はない」

「しかし、もしそれでヨットマンが遭難することにでもなったら、あとあと問題になりますが……」

「では、私が直接、そのヨットマンと話す。私ひとりが責任を負う」

コースト・ガードの司令官を説《と》き伏せるのに、五分間を要した。

ヨットとの無線状態はひどく悪く、将軍は自分の官姓名を三度も怒鳴《どな》るはめになった。向こうからの名前はほとんど聞き取れなかった。

「……、将軍。……度。三度です！　この一時間の間に、私のヨットは三度もひっくり返った。……地獄……。今も、じつはひっくり返ったままです。通信状態が悪いのはその……、アンテナは水面下で……」

「ミスター、われわれは、その故障した戦闘機を貴方《あなた》のヨットの近くへ誘導し、パイロットを海面へ脱出させようと考えています」

しばらく間があった。

「私は……、将軍。そのパイロットを探し出すために、長時間、唯一のドアを開放しなければならない。この一〇メートルの荒れ狂う波の中で。それは……、とても……、危険なことです」

「貴方は、ほんの一瞬、窓を開けるだけでいい。パイロットは、戦闘機が搭載している優秀なセンサーで、貴方のヨットを発見し、風上で脱出します」

「……無理、無理です、将軍。この波では、たとえオリンピック選手といえども、ほんの五メートルと泳げはしないでしょう」

「ミスター、パイロットは、女性です。日系人です。サワコ・アップルトンと言います。もしも貴方がサムライの血を引いていらっしゃるのであれば――」

「私の親は農民でした！　そう……、貴方がそこまで部下を思っているとおっしゃるのであれば、私はヨットマンの誇りをもって、最善を尽くします。戦闘機を誘導しなさい。そして、貴方がたの神に祈ることです」

「ありがとう！　ありがとう！　ミスター。最善を尽くす。むろんわれわれも」

ハウザー大佐が、「コースを算定しろ！」と命じた。

「成功の可能性は、ほとんどありませんよ」

「解っているさ。何もやらんよりはな……。イーグル戦闘機を二機、大型筏《いかだ》のポッドを抱かせて離陸させろ。一人乗りよりはましだ。ポイントに落とせればの話だがな……。編隊と話をさせろ」

「はい。編隊長機に高度を上げて直線コースをとるよう命じてください。もう燃料が保ちません」

それが、まったく絶望的な選択であることを皆が承知していた。

二機の編隊は、少しでも台風の勢力圏から抜け出ようと、北西へとコースを取っていた。故障箇所《かしょ》がはっきりした時点で、そのコースを取っていれば、機体はおしゃかになっても、たぶんパイロットは助かっていた。

この件でもし査問会が開かれるようなことがあったら、たぶん編隊長の判断が正しかったかどうかが問題になるだろう。

「大尉、聴こえているか？　大尉」

編隊長の声は、ひどく沈んでいた。

「クリアですよ。編隊長」

「すまない。完全に判断を誤った。早々と引き返すべきだった」

「いいんですよ。あの時点では、私も何とかなると思ってましたから」

水平線には、太陽の名残《なご》りの、毒々しい赤いラインが残っているだけで、もはや僚機のパイロットの表情を読み取ることはできなかった。

ハワイが両機を呼び出した。

「こちらはPACAFのルドガー中将である。残念ながら、荒天《こうてん》が原因と思われる滑走路上の障害物で給油機がパンク事故を生じ、離陸を断念した。八方手を尽くしたが、軍による救出は不可能と判断した。そのポイントから三〇〇キロ東南方向に、日本人が乗った一人乗りのヨットがいる。アップルトン大尉、すまないが君はその付近でベイルアウトしてくれ」

「将軍、それは、泳いでヨットに乗り移れということでありますか？」

「残念ながらそういうことだ。それがどれほどバカげた発想であるかは、よく承知している つもりだ」

やれやれだ……。フライト・スーツを脱いで、すっ裸で飛び込んだほうがよさそうだ。

「了解しました、将軍」

「君はFタイプの電子装備《アビオニクス》に関して訓練を受けたかね？」

「はい。LANTIRN《ランターン》ポッドのことでしたら、現在搭載しております。それでヨットを探せると思います」

「よろしい。脱出寸前にフレアを射出して海面を照らせ。編隊長機には、ただちにハワイへ進路をとることを命ずる。了解するか？」

返事はなかった。

「カッツ少佐、ただちに帰投コースへ乗りたまえ。了解したか？」

「閣下、自分はベイルアウトまで見届けたいと思いますが……」

「あと五分以内に帰投コースに乗らないと、君の残燃料はハワイまで保たない。ハワイ近辺ですら、ベイルアウトしても君を助けられる保証はないのだ。納税者はそのようなくだらぬヒューマニズムを兵士が発揮することを望まない。それに、間に合わないだろうが、大型の筏を積んだ州空軍のイーグルを二機出したところだ。別れの言葉はいらんぞ！　さっさと引き返せ」

カッツ少佐は、高度を落としてアップルトン機の横に並んだ。

「すまない、大尉。私は行かなきゃならない」

「急いでくださいな、少佐。やるだけのことはやってみます。ヒッカムでお会いしましょう」

「うん。幸運を祈っている」

カッツ機が翼を振った印に、翼端灯が上下に大きく揺れた。

サワコ・アップルトンは、ついにひとりになった。父は、朝鮮戦争当時、F―86セイバー戦闘機に乗っていた。築城《ついき》基地から出撃した時の物語をよく聞かされたものだ。

夕暮れの帰投。博多《はかた》の街明かりが見えてくると、どれだけほっとしたかを。

今、あたりは闇に閉ざされようとしていた。アップルトン大尉は、ハワイが伝えてきたヨットのGPSポイントを航法装置に入力して飛行コースを変えた。

少なくとも、この嵐と闘《たたか》っている人間が、私のほかにもこの下にいるんだ。それは心強いことだった。

モニターが放つ弱々しい照明を頼りに、サワコは、また遺書を認《したた》め始めた。

「お父様が言ってらした、空で死ねたら本望という口癖を、娘が先に実践することになりました。私も本望です。恐れはありません。初めてソロで飛んだ日から、覚悟していたことです。太平洋に沈むのも、また何かの運命かと思います。私の分まで長生きしてください。サヨウナラ」

首から下げた自分の認識票《ボディ・タグ》を一枚外《はず》し、メモ用紙と一緒にビニールの水密ケースに密閉した。

アメリカ空軍USAF――『アナハイム』(四五〇〇〇トン)の艦長を務《つと》めるエミーユ・チェンバレン大佐は、ダイニング・ルームで食事にありつこうとしていたところをブリッジから呼び出された。

オニオン・スープのカップだけを持って、三層上のブリッジに顔を出すと、今夜の先任指揮官を務める副長のアレック・ロドキン中佐が、背後のチャート・デスクで、スケールを引いていた。

「駄目なようです。たぶん墜落、パイロットは嵐の海へ。ヒッカムは、一人乗りのヨットにレスキューさせるなんて言ってますが……」

「そりゃあ無茶だ」

アップルトン機故障を探知した時から、コースを変えてはいたが、ぎりぎりまで救助活動にはタッチしないことになっていた。

「回収は可能かな……」

「エレベーターもやられて、だいぶ損傷がひどいみたいですね。海軍さんなら、なんとかやってのけるでしょうが、空母着艦経験のないイーグル・ドライバーにできるかどうか」

「やらせてみよう。タイフーンの海で泳がせるよりはましだ。それに、ここで見捨てたんじゃ、寝起きが悪くなる。ワシントンのアッカーマン将軍を呼び出してくれ。付近に機影はないな?」

「はい。あらゆるパッシブ・センサーはクリアです。民間機一機とていません」

それは、他人に見られる心配がないということだった。

ブリッジ背後のCICルーム(戦闘情報室)で、アッカーマン将軍と衛星通信を行なった。将軍はご機嫌斜めだった。

『アナハイム』は、人命救助のために存在するのではないと、釘を刺されたが、チェンバレン艦長の回答は明快そのものだった。

「将軍、セスナのパイロットを助けるわけじゃない。養成に数百万ドルの税金を費《つい》やした、世界でもっともよく訓練されたパイロットを助けるのであって、この〝ボランティア〟をネタに、またペンタゴンから予算をせしめればいいじゃないですか?」

と迫ったのだった。

チェンバレン艦長は、ブリッジに帰ると、全員配置を命じて収容準備に取りかかった。

サワコ・アップルトン大尉は、海中でブーツを脱ぎやすくするため、まず靴紐《ひも》を解《と》いた。ベルトを外してGフォースを脱ぎ、フライト・スーツのポケットに入っているよけいなものを足元に置き、胸元のジッパーをへそのあたりまで降ろしてから、ふたたびベルトを締めなおした。

ＬＡＮＴＩＲＮポッドをウォームアップして、海面捜索に備《そな》える。

Ｆ—15Ｆ型は、もともとサウジアラビアに輸出する目的で作られた複座のＥ型、ストライク・イーグルのスペック・ダウン・タイプだった。ストライク・イーグルが、中東に輸出するにはあまりに高性能であるため、わざと性能を落とした一人乗り戦闘爆撃機として生まれたのがＦ型で、本来はＬＡＮＴＩＲＮポッドの装備はできないのだが、サウジアラビア政府の強硬な要求で、結局、捜索・追尾システムだけ組み込まれたポッドが装備されていた。

サワコは、自動操縦を解除し、台風がはらむ密雲の中へと、降下準備を始めた。

「こちらはＵＳＳ—アナハイム、ナイト・ソルジャー02、聴こえたら応答せよ」

ＵＳＳ—アナハイム？……。アナハイムなんていうフネの名前は聞いたこともない。

「こちらはナイト・ソルジャー02、メリット5。聴こえている」

「コースを0—4—9へ修正し、高度を四〇〇〇フィートへ上げよ。貴機を収容する」

四〇〇〇フィートだって？……。

「ＵＳＳ—アナハイム。残念ながら、その高度まで上がったら、無事に降下するだけの燃料がない」

「心配するな。君は降下する必要はない」

しばらくすると、ハワイが割り込んできた。将軍じきじきのお出ましだった。

「こちらは、PACAFのルドガー空軍中将である。USS―アナハイム。官姓名と所属を名乗れ。当方はアナハイムなどという艦船の存在を把握していない」

二〇秒ほどの沈黙の後、衛星回線でワシントンがハワイに割り込んできた。

「ルドガー将軍、空軍参謀副長のアッカーマンだ。アナハイムの正体を誰何《すいか》する必要はない。またその名前を記憶に残してはならない。これは機密取扱い事項のケース11に相当する。ただちに、該当機に命令に従うよう命じたまえ。ワシントンはもう夜中なんだぞ……。君の不始末で自宅から衛星電話を使わされる身にもなってくれ」

アッカーマンのオモチャか……。何にせよ、助けが現われてくれたというのは嬉しい。

ルドガー将軍は、一言《ひとこと》「おやすみ、将軍」と告《つ》げて、サワコに命令に従うよう命じた。

サワコは、半信半疑ながら、高度をとりコースを変えた。

「アップルトン大尉、こちらはアナハイムの艦長、チェンバレン大佐だ。われわれは君に二四〇〇メートルの滑走路を用意できる。しかし、対気速度との関係から、実際に君に与えられる滑走路は、ほぼ無限と考えていい。君は、タッチ・アンド・ゴーの訓練の要領で、ただ飛行甲板《かんぱん》に着地すればいい」

燃料が残り五分を切り、アラームが鳴り始めた。

「無限というのは、どういう意味ですか？　大佐」

「つまり、アナハイムは、君とほぼ同じスピードで、高度四〇〇〇〇フィートを飛んでいるということだ」

二四〇メートルものプラット・フォームを持った飛行機が飛んでいるですって⁉にわかには信じ難《がた》い話だ。スペース・シャトルのオービターを運ぶジャンボみたいなものだろうかとサワコは思った。

高度三五〇〇〇フィートまで上がると、その物体が翼端灯らしきものを点滅させた。

「大尉、われわれはおよそ五度の迎《むか》え角で飛んでいる。君が直線進入すれば、自然と飛行甲板に前脚《ノーズ・ギア》が接地するだろう。着地の衝撃を感じたら、ちょっと機体を起こすだけでいい。エンジン出力を絞る必要も上げる必要もない。アレスティング・フックが制動をかけ、さらにノーズ・ギアをワイヤーが確保し、格納庫のエレベーターまで引っ張ってくれる」

「了解」

滑走路と似たような誘導灯が現われた。その明かりに照らされる両翼の幅は、思ったより広そうだった。

　サワコは、ギアを降ろすと、水平儀《ホライズン》に神経を集中し、水平角を保つよう心がけた。地上の滑走路への着陸よりスムーズだった。制動感もほとんどない。フックを捕まれた瞬間ですら、Gメーターは、ほんの二Gしか記録しなかった。エンジンをカットすると、ワイヤーがノーズ・ギアを引っ張って前方へと移動し始めた。

　小さな衝撃があり、機体が沈み始める。格納庫らしき空間に降りると、無人のトーイング・カーが現われて、イーグルをエレベーターから引っ張り出した。

　頭上で黄色いサイレンが回転を続けていた。エァ・コンプレッサーと書かれた赤いライトが点滅を繰り返している。今、ここは高度四〇〇〇フィートの大気から一気圧に加圧中なのだ。

　やがて、安全の印にグリーンのランプが点《とも》った。

　前方の隔壁《バルク》ハッチを開けて、髭《ひげ》を生《は》やした男が一人、向かってくる。キャノピーを開けろという仕草《しぐさ》をした。

　言われたままキャノピーを開けると、鈍《にぶ》いエンジン音が響いてきた。

「無事で何よりだ。大尉。私がチェンバレンだ」

　フライト・スーツ姿だった。

　サワコは、あたりをキョロキョロしながらコクピットから床に飛び降りた。

チェンバレン艦長が笑顔で握手を求めた。

「USS―アナハイムへようこそ。人手が少ないのでね、出迎えは私ひとりだ」

フライト・スーツのパッチは空軍のものだった。

「これ空軍の、その……、フネなんですか？」

サワコは、お礼を言うのも忘れて尋ねた。

「そうだ。分類上は空母だ。それも空飛ぶ空母と言っていい。便宜《べんぎ》上、海軍さんの用語やシステムを使わせてもらってはいるがね」

「はあ……」

空飛ぶ空母と言われてもピンとこなかった。

「機体のことは後回しにして、夕食といこう。みんな食べそこねたのでね、大歓迎するよ」

「すみません、私のせいで」

艦長は、おかまいなしにという表情を示した後、横に並んだサワコを制した。

「みんなに顔を見せる前に、靴紐を結んで、スーツのジッパーを上げたほうがいい。でないと、ペントハウス・ガールの慰問《いもん》と勘違いされる」

海に飛び込むつもりで、サワコは、ジッパーを降ろしたままだった。慌《あわ》ててジッパーを上げ、靴紐を靴の中にたくし込んだ。

にわかには信じられなかった。ここが、台風上空四〇〇〇〇フィートだということが。

1章　アナハイム

サワコ・アップルトン大尉は、空母上で生活したことはなかったが、艦内の通路が、まったく綺麗《きれい》なことに驚いた。バケツひとつ置かれていない。デッキ表示があるくらいで、むしろ綺麗すぎるぐらいで、入居前のオフィス・ビルの廊下みたいだった。ひょっとして宙返りぐらいするんだろうかと思った。デッキを進み、ラダーを降りながら、艦長に尋ねた。

「その……、素朴な疑問なんですが、どうして飛んでいるんですか？」

「どうして？」

艦長は、上品な笑いを漏らした。

「どうしてという問いには、いろんな意味があるだろうな。技術的な意味でどうして？　政治的にどうして？　作戦上どうして？　さて、何から答える」

「技術的な興味から」

「なら答えは簡単だ。動力は潜水艦用原子力。ただし、二次系冷却水のバックアップに外気を利用する」

「滑走路から離着陸するんですか？」

「君が着艦したデッキの面積は、フットボール場ほどもある。重量も四五〇〇〇トンあるんだ。そう簡単に離着陸するというわけにはいかない。アナハイム専用のフラットベッドに載《の》せられ、さらに補助ロケット・ブースターを取り付け、えんえん一〇キロも地上滑走してようやく飛び発《た》つ。基本的に着陸はしない。一週間の試験飛行を終えて着陸したのが半年前、細部の調整を終えてふたたび離陸してから半年、一度も着陸していない。環境が安定している高空に留《とど》まれば、受ける影響は紫外線ぐらいのものだ」

「乗組員は何百名ぐらいですか？」

「いやいや。ほんの五〇名だ。なにしろ、海軍さんの空母のように実戦部隊を積んでいるわけじゃないのでね。徹底した省力化を画《はか》った。日本のタンカーより省力化が進んでいる」

それで艦内が綺麗なわけを理解した。艦内の人口密度が低いせいだ。

カフェテリアに赴《おもむ》くと、三〇名ほどの男たちが拍手で迎えてくれた。サワコは、礼を述べながら、準備してあった席に着いた。

「シムズ伍長、空《あ》き部屋はあるかな」

そのテーブルを用意したらしいエプロン姿の伍長が首を振った。

「NOVA《ノヴァ》が調子よくないんですよ。鍵が掛からなくてインターカムが使えなくていいんなら、どこでもいいですが」

「ＮＯＶＡというのは、この空母のすべてを管理するマザー・コンピュータの愛称なんだが、ここしばらく調子がよくない。伍長、室内の電気製品が使えないということは、どの程度の制限を受けるんだね？」

「蛍光灯を持って部屋に入ってもらえれば、とくに支障はありません。酸素弁も開けます」

「よろしい。私の隣りの司令官室を用意してくれ。ハンティトン曹長。イーグルの修理は可能かね？」

端《はし》っこでテレビを観《み》ていた髭面《ひげづら》の曹長が、ダイエット・コークを一杯飲んでから、「ノープロブレム」と答えた。

「通信をモニターしていただけで、まだ現物は見ちゃいませんが、皺《しわ》の寄った主翼を除いては大丈夫でしょう。エレベーターの交換なんてちょろいもんです。今夜じゅうに修理しときますよ」

「この空母は、基本的には主力戦闘機の運用をサポートするために存在する。だから、弾薬を含めてたいがいの整備品目を搭載している。地上基地で一週間、二個飛行隊を運用するだけの物資を積んでいる。ただし、整備兵は限られているがね」

「それにしてもあんた、皺が寄るまで墜《お》ちて助かったってのは運がいい。俺もそこまでいって無事な機体を見たのは二度しかないよ」

実際、何もかも幸運だった。

食事を終えると、シムズ伍長が艦内を案内してくれた。

CICルームの壁に、一枚だけアナハイムの全体像を写した写真が飾ってあった。形は、海を泳ぐイトマキエイにそっくりだった。翼がほぼ菱形なら、尾まで付いている。その尾には、多様な使い道があるそうで、飛行中はエレベーターとラダーの役割を果たし、空中給油プローブが付属し、なお夜間着艦の目標指示ライトの役目まで持っているそうだった。

レーダーには映らないのかと訊いたら、航空用のレーダー波長に対応する炭素繊維で機体が作られており、西側とロシアの対空レーダー、対空ミサイルに対しては、ほぼ大丈夫だが、それとて面積の大きさを考えると、まったく影が出ないというわけにもいかないそうだった。

最後に案内されたのは、機体の最後尾にある危険作業用特別デッキだった。

食事を終えたハンティトン曹長が、二人の部下とともにスポットライトの下で修理にかかっていた。

「ここは、外壁が前より薄いんです。前方との壁には、原子炉並みの厚さがあります。もし爆発事故が起こったら、爆風は全部後ろへ抜けるように出来ているんです」

すでに、新しいエレベーターが床に置いてあった。

「大尉。こんな状態でよくもフライトを続けられたものだ。イーグルはつくづく頑丈な機体だと思っていたが、あらためて感心するよ。もちろんパイロットの腕にもね」

曹長は、皺だらけの手を手袋に通しながら喋《しゃべ》った。おそらく、この空母の最高齢者に違いなかった。

「ええ、私がここまで飛べたのも、まさしくイーグルのおかげです。ほかの機体なら、とうに分解していたでしょう」

寝室は、艦長室の隣りの司令官用居室で、応接室を含めて二部屋もあった。残念ながらトイレまではなかったが、ここが高度四〇〇〇フィートだということを考えれば、まったく贅沢《ぜいたく》きわまりない状況だった。

就寝直前、艦長から電話があり、アナハイムは東海岸へ向かうので、早朝、修理が完了ししだい、東海岸へ向けて降りてくれとのことだった。

その夜、サワコ・アップルトン大尉は、荒波の中で溺《おぼ》れ死ぬ悪夢に魘《うな》された。もっとも、これから始まる現実の悪夢に比べれば、どうということはなかった。

コロンビア大学、数理学部三回生のリンダ・コースペックは、今日という日が嬉しくてたまらなかった。

今朝、彼女はもはや何者でもなくなった。大学に退学届を出した翌日、リンダ・コースペックには、もはや彼女を縛《しば》る何の肩書も付かないのだ。ロングアイランドきっての一大コングロマリット企業を率《ひき》いる、ハワード・コースペックの一人娘という肩書さえ消えてくれれば、あとは彼女自身の人生だ。誰にも文句は言わせない。生徒指導部の口うるさいだけが取柄《とりえ》のジャップ野郎にしたところで、こっちが学生でないとなれば、もう赤の他人でしかない。

セントラル・パークを見下ろす高級アパートの七階フラットの自室で、リンダは、サナトリウムに入ったきりの母の身を一瞬案じた。父の浮気癖《ぐせ》や何やらで、母は心を病《や》み、酒に溺れ、ついにはドラッグにまで手を染めて廃人同様となった。

今日は、みんなへの復讐を果たす記念すべき日だ。母を破滅させた父への復讐。尊敬すべきポークフライ准教授への資金提供を打ち切った日本企業への復讐。そして、私とマクジョージの愛に破滅をもたらしたジャップ野郎への復讐。

リンダは、裸のままモーニング・コーヒーを飲むと、シャワーを浴《あ》び、インテルのペンティアムを搭載したデル社のパソコンを立ち上げた。

メンソール煙草をくわえながら、練《ね》りに練ったネットワークを次々と結んでゆく。すべては、ポークフライ先生が教えてくれたことだ。この程度で失敗したら、先生の名誉に傷が付く。

目的のNOVAネットワークにたどり着くと、リンダは、「アウトランニング」と名付けたプログラムを起動させた。

もう後戻りはできない。これから起こることを考えると、まったく愉快だった。

サワコ・アップルトン大尉が目覚《めざ》めたのは、西部時間の午前六時をちょっと回ったころだった。

カフェテリアで貰っておいたダイエット・コークを半分ほど飲むと、フライト・スーツに着替えて部屋を出た。乗組員が少ないせいで、すれ違う人間もいない。

しかし、その朝は騒々《そうぞう》しかった。艦長室前を通りかかったところで、規則的にバルクハッチを叩く音がした。

ドアのインターホンは、まったく反応しない。生きていれば、通電の印に赤いランプが点灯するはずだった。

「艦長！」と声をかけたが、何も聴《き》こえない。たぶん、ハッチが気密構造になっているせいだ。サワコは、尋常ならざる気配を察して、コークのアルミ缶でコツコツ、ドアを叩き、覗き窓の前に立った。

ドアを叩くトーンが高くなった。三連続の短信、長信、また短信。S—O—Sのモールス信号だ。ドアを開けようとしたが、ビクともしなかった。

五メートルほど走って壁のインターカムを取ったが、トーン信号すら聴こえて来ない。不通状態だった。

今度は、隣りの副長ロドキン中佐の部屋をノックしてインターホンを押したが反応はなかった。

思い出した。ロドキン中佐は当直班を率《ひき》いてブリッジにいるはずだった。

サワコは、やむなく壁のエマージェンシー・ボタンのカバーを外して、ボタンを押し込んだ。こいつも反応がなかった。デッキのランプは点《つ》いているのに、そのほかは完全にアウトになっている。

自室にとって返し、応接室のテーブルからメモ帳とマジックを取ると、「誰も応答しない。ブリッジを見てくる。オーケーなら、壁を二度叩け」と書きなぐり、艦長室の覗き窓にかざした。すぐさま、二度コンコンと叩かれた。

ブリッジはすぐ上の階だ。ラダーをひとつ昇るだけでいい。壁の表示を読みながら昇ると、ブリッジのバルクドアは、凍りつき、厚さ三センチ近い霜《しも》がべったりと張り付いていた。

中がどうなっているかは明らかだ。気圧が外と同調し、おそらく気温はマイナス四、五〇度ぐらいだろう。防寒着でも着ていなければ、一五分と無事ではすまない。

中に人がいたとしても、もしブリッジから脱出できなかったのであれば、絶命しているはずだった。

ブリッジを降り、士官居住区の下にある兵員居住区へも降りてみた。そこいらじゅうでドアを叩く音がしていた。なぜだか解《わか》らないが、おそらくブリッジの気圧が抜けると同時に、コンピュータ回路のどこかがショートして、各ドアを完全にロックしてしまったに違いない。

サワコは、ブリッジのバルクドアの件と、下の階の様子をメモ用紙に認《したた》めて艦長室の覗き窓から見せた。

そして、自室に帰って、部屋の備品を片っ端からチェックしていった。

ベッドの下に、パイロット装備のエマージェンシー・グッズが一式置いてあった。パラシュートから、ウォーキー・トーキーまである。さっそくウォーキー・トーキーのスイッチを入れた。ありとあらゆるチャンネルで交信が交わされていた。

サワコは、それを抱えて飛び出ると、また艦長室のドアを叩き、周波数のダイヤルを覗き窓に見えるようかざした。

「聴こえますか⁉　艦長」

息《せ》急ききったようなチェンバレン艦長の声が聴こえて来た。

「聴こえるとも！　いったいどうなっているんだ⁉」

「ブリッジには入れません。ドアが凍りついているところからして、たぶん気圧が抜けてます。隕石《いんせき》か何かの衝突で、瞬間的に窓が破断して、衝撃でコンピュータの回路が殺《や》られたのかもしれません。このドアはどうやれば開くんですか？」

「もう一時間近くもそれを考えていた。コンピュータによるオート・ロックだ。物理的な方法で打ち破るしか思いつかないんだ」

「斧《おの》で破りますよ」

「無駄だと思うがやってみてくれ」

消火器の扉を開けると、長さ七〇センチほどの真新しい斧が入っていた。サワコは、ウォーキー・トーキーを床に置くと、斧を右手に握りしめ、力任《まか》せにドアに切り込んだ。だが、斧は激しくバウンドし、引っかき傷ひとつ付けられなかった。

刃こぼれまでしていた。バルクドアは相当硬い材質のようだ。やむなく壁を叩いた。二度叩いたが、結果は同じだった。たった三度チャレンジしただけで、刃はボロボロになった。

「艦長!?　いったい、この壁は何なんです？　全然歯が立ちませんよ！」

「バルクドアはもちろん、壁も全部炭素繊維で出来ている。鋼鉄なんかじゃ傷ひとつ付けられんよ。軍艦の標準装備だから斧が置いてあるが、この壁やドアには役立たずだ」

「全部ですか!?」

「そうだ。ほぼ全部と言っていい」

そんなばかな……。炭素繊維の単位面積当たりの値段はチタン合金とどっこいどっこいだ。外壁だけならまだしも、キャビンまで炭素繊維を使っていたら、天文学的な予算を喰うはめになる。

「艦長、そんなことはあり得ないですよ。機体表面だけならともかく……」

「軽量化がすべてに優先したんだ。炭素繊維なら、リベットの数を減らせる。接着剤だけですむからな。君の部屋を見るがいい。一本とてリベットは露出していない。隠してあるんじゃなくて、現に使っていないんだ」

「ガス・バーナーか何かはありませんか？」

「バーナーはダメだ。火事になる。機関室へ行ってくれ。あそこにも当直が二人いたはずだ」

「全部で何名当直に当たっていたんですか？」

「ブリッジに三名、機関室に二名だ」

「じゃあ、機関室に行ってみます」

原子炉を抱《かか》える機関室は、菱形をした艦のほぼ中央部分にあった。シムズ伍長の説明によれば、どうしても原子炉周《まわ》りが重くなるので、平衡《トリム》をとるために、真ん中に置いてあるのだそうだった。いざという時は、もちろん爆破して投棄できる仕組みになっている。

機関コントロール室の、二重になっている外側のバルクドアは開いた。だが、その内側のドアは、やはり凍りついていた。

「駄目です、艦長。ブリッジと同じです。いったん上へ戻ります」

サワコは、艦長室の前まで戻ると、床に座り込み、胡座《あぐら》を組んで次の命令を待った。

五分ほど、艦長とハンティトン曹長が技術的な会話を交わしていた。

「さてと、アップルトン大尉。無事に艦内を歩けるのは、どうやら君ひとりだけのようだ。たぶん、君の部屋だけ通電していなかったせいで、難を免《まぬが》れたのだろう。整備資材庫にダイヤモンド・カッターがある。まずそいつを取って来てくれ」

だが、整備資材庫は開かなかった。ハンティトン曹長は、次にイーグルの修理に使ったダイヤモンド・カッターが危険作業用特別デッキにあることを思い出した。むろん、ここもドアは閉じられていたが、幸い天井裏にあるエアコン・ダクトの径が大きくて、そこから侵入できるはずだとのことだった。

司令官室から、まず応接テーブルを運び、その上に椅子を載《の》せて、ようやく頭が天井に届いた。送風口のフロント・パネルの間口は狭く、サワコは、関節をあちこち鳴らしながら、ペンライトを口にくわえて、ようやくエアコン・ダクトに入り込んだ。

ほんの五メートルと進まず、デッキに降りることができた。

そこには、真新しいエレベーターが付けられたイーグル戦闘機が鎮座していた。今にも飛び出せそうだった。

サワコは、まず自分のヘルメットを被《かぶ》った。バイザー付きなので、もしバーナーを使うような事態になった時など役に立ってくれそうな気がした。

ダイヤモンド・カッターを探し出し、ふたたびエアコン・ダクトを通って艦長室へと走った。

床に近い部分にある、掃除機用のソケットは生きていた。だが、カッターの刃はすでにだいぶ磨滅《まめつ》していた。

「艦長、どのくらい切れるか自信がありません。ドアをやりますか？」

「いや、壁をやってくれ。ドアに沿《そ》う部分だ。高さはノブ位置より五〇センチ上がい。そこに、コネクタ・ケーブルが纏《まと》まる配管が一本通っているはずだ」

カッターは、火花を上げて回転し始めた。ゴムが焼けるような臭いが立ち込める。だが、ほんの一〇センチ切り込みを作っただけで、刃が空《くう》を切り始めた。それまでだった。ダイヤモンド・カッターの刃の部分はツルツル状態で、使用前微《かす》かに輝いていたダイヤモンドの破片も、今はひと粒とて見えなかった。

「駄目なようです、艦長。あとは、艦内じゅうの斧を集めて闘《たたか》います」

「待ってくれ、大尉。ええーとだな……。今となっては、君だけが頼りだ。くだらん作業は後回しにしよう。まず、ウォーキー・トーキーのバッテリーには注意してくれ」

「イーグルにもウォーキー・トーキーなら置いてあります」

「うん。それは貴重だ。次にやってもらいたいのは、艦内で、どこが侵入可能で、どこが不可能かということだ。それを調べてくれ。すぐにだ。役に立つ情報が得られるかもしれない」

サワコはただちに移動を開始した。まず士官専用のシャワー・ルーム、トイレ。ここはドアが開いていている上に、使用可能だった。

カフェテリアも問題ない。コーヒー・メーカーもコークの自動販売機も作動中で、サワコは、コーヒーをカップに注ぎ、ひと休みした。

上の階の、ブリッジ、CICルームは駄目。

艦尾に設けられたサブ・ブリッジも駄目で、備品庫も駄目、さらにその下にあるスポーツ・ジムはオープンされているが、非常用の加減圧脱出ルームは閉鎖されていた。

明らかなことはひとつ。艦の運航に必要不可欠な第一制限エリアが閉鎖されており、深夜に人が出入りする可能性のないセクションも閉鎖されている。逆に、居住エリアを除いて、深夜でも乗組員が出入りする可能性のあるカフェテリア、シャワー・ルーム、ジムなどは開放されている。

「さて、ハンティトン曹長。君が一番このフネに詳《くわ》しいんだが、どう思うね？」

「まず、深夜に複数の人間が集《つど》う可能性のあるエリアは、完全に開放されています。

ただ、ブリッジと機関室は別でしたが。逆に寝場所は閉鎖された。こういうことが、偶然に起こると考えるのは難《むずか》しいですね」

「ああ、私もまったく同感だ。これには作為が感じられる。さて、大尉。君は銃は持っているのかね？」

「いえ、漂流した時のために、サバイバル・ナイフ程度しか」

「よろしい。コクピットに置いたままなら、それを身に着けたほうがいい。われわれには、どうも敵がいるようだ」

「イーグルの無線で救助を求めてはどうでしょう？」

「このフネのステルス性は、艦内発信電波にも対応している。まったく無駄だ。しかし、何か手がないとも限らない。いちおう試《ため》してみてくれ」

サワコは、ふたたびエアコン・ダクトを通ってイーグルのコクピットに戻った。今度は、きちんと座ってみた。

父がベトナム時代から愛用していたサバイバル・ナイフをブーツに結びつけた。自分がひどく動揺していることに気づいて、動悸《どうき》が激しくなった。昨日の、あの嵐の中ですら、こんなに焦《あせ》ったことはなかった。

この原子炉を積んだ空飛ぶ空母には、五〇名もの優秀な兵士たちが乗っている。自分が脱出するだけでもことなのに、彼らも助けなければならないのだ。しかも、どこかに潜《ひそ》んでいるであろう敵を排除しつつ。

「闘い抜いて見せるわ……」

彼女は、そう呟《つぶや》くと、コクピットという自分のお城に籠《こも》って作戦を練り始めた。

すでに、二時間という貴重な時間が失われていた。

2章　ブルドッグ

三〇度のきついパイロン・ターンで、副操縦士《コーパイ》席に座る飛鳥亮《あすかりょう》三佐は、わざとラダー・ペダルを踏み込んで見せた。

すると、ＡＣ―130Ｈハーキュリーズ輸送機を改造したスペクター攻撃機は、まるで何かに引っ張られたみたいに、左翼へと大きく傾《かし》いだ。

機長席で左側の射撃用ヘッド・アップ・ディスプレイ《HUD》に集中していた歩巳麗子《あゆみれいこ》――財務省税関部特別審理官という一風変わった肩書を持つ――は、小さな悲鳴を上げながら、反射的にホイールを右へと回した。

彼女はしかし、裏帳簿を解読するのと同等か、あるいはそれ以上の能力で、操縦桿《かん》を操《あやつ》ることができた。一言《ひとこと》で言ってしまえば、彼女は金持ちの道楽娘として操縦を身につけたのだった。

麻薬捜査で、外務省領事作戦部（通称〈Ｆ２〉）の指揮下に置かれたこのチームとのつき合いが始まり、ひょんなことからコーパイとして採用された。

ブルドッグ――。その鼻面から、クルーは、スペクターのことをそう呼んでいた。

ハーキュリーズは、繊細さの欠片《かけら》もない鈍重な飛行機で、搭載する一〇五ミリ戦車砲をはじめとする各種の兵器によって、ただ暴力的に物事を解決するのが彼らの役目である。

ブルドッグが通過した後に、文明の痕跡を残してはならない……。

それが彼らの合言葉だった。

ただし、すべての作戦は、その破壊力とは対照的な繊細さを必要とした。なにしろ、戦車の十倍以上のスピードで飛びながら、高度差がある目標へ向けてピンポイントでの爆撃を求められるのだ。

戦車がちょっと目標を外《はず》しても、ほんの数メートルですむが、スペクターの場合、その誤差は時に一〇〇メートル単位にも及ぶ。

トリガーを引く人間には、動物的なセンスが求められた。

海面は、すぐ真下にあった。硫黄《いおう》島を中心にした訓練は、日に五回も出撃《ソーティ》を消化せねばならない過酷なメニューで、五回目の出撃は深夜にずれ込んでしまった。

それでも、湾岸戦争中の米軍のスペクター・チームが置かれた状況に比べれば、どうということはないというのが、部隊を指揮する佐竹《さたけ》護《まもる》二佐の言い分だった。

三発の曳光《えいこう》弾を海上に浮かぶ四メートル四方の筏《いかだ》に撃ち込むと、仕上げは高度三〇メートル以下の超低空による離脱。硫黄島まで三〇分を要する。

攻撃よりもむしろこのほうが神経を消耗する。なにしろ、高度が落ちていることに気づいた時はおしまいなのだ。

滑走路に着陸するまでの間、麗子は一言も口をきかなかった。とても口を開ける状態になかった。エプロンへたどり着いて、エンジンを切った時には、ぐったりして、ただ首をうなだれた。

「平和ってのも考えものよね……。年がら年じゅう訓練で」

「ソマリアなんかに行かされるよりは、俺は訓練のほうがましだね。敵だか味方だか解《わか》らん、棍棒《こんぼう》持った連中に戦車砲を撃ち込むのはまっぴらだ」

「国連のロータリークラブに入れれば、いずれそういう時代が来るわよ」

「そうなったら、自衛隊はいよいよ人手不足でおしまいだ」

「財務省は人件費が減って助かるわ」

ドアが開くと、佐竹が軽い足どりでコクピットへのラダーを昇って来た。

「四時間の休憩を挟む。〇六・〇〇、訓練を再開する」

後部からブーイングが伝わってきたが、機付き長兼航空機関士を務《つと》める沼田章一《ぬまたしょういち》二曹だけは「そいつはありがてぇや」と陽気な声で応《こた》えた。

二代続けて同じ機の機関士が戦死したというのに、自《みずか》らもっとも過酷な職場を求めて志願して来た変わり者だった。

クルーたちは、エプロン脇に広げてあったサマーベッドで、死んだように眠りこけた。アナハイムから、一〇〇〇〇キロ以上離れた島での平和な出来事だった。

サワコ・アップルトン大尉は、コクピットを降りると、その危険作業デッキをすみずみまで観察した。マグライトでもって壁を叩き、どこが薄いかを確かめた。おそらくエンジン調整に使われるためであろう、後部に二重のシャッターがあり、減圧すれば開くようになっていた。

手動でシャッターを巻き上げるためのハンドルも付いている。問題は、ここもロックされているかどうかだった。

サワコは、作戦を練った。アレスティング・フックをチェーンで固定し、アンテナ部分のコーンを外して、床と機体を繋《つな》ぐアース線を流用してアンテナを作って機外へ放り出せば、なんとか短波通信ができるかもしれない。外界の助けなしには、この状況を改善できるとは思えなかった。

サワコは、ハンティトン曹長を呼び出した。デッキが違うため、無線状態はひどいもので、スクランブルを外して交信した。敵が艦内にいるとすれば、筒抜けだが、どうせ敵は最初からモニターしているのだ。

「開くんですか⁉」

「たぶん手動で開く。事故に備《そな》えて、その部屋の電気系統は独立しているからな。ただし、シャッターが開くのは気圧が同調している時に限ってのみだ。外気圧が低い状態では、隔壁が外へ向かって膨張し、びくともしない状況になっている。セルフ・システムだ」

壁には、赤字で取扱注意事項が細かに書いてあった。

「気圧は抜けると思いますか？」

「まず、エアコン・ダクトにシャッターを降ろす。外部シャッターの右側に、バルブ用の小さなハンドルがあるだろう。それを回せば、少しずつエアが抜ける。乗員の空気は、チューブからも取れるし、ボンベからも取れる。どちらかというとボンベを勧《すす》める。そのほうが身動きがとりやすい。ただし、そのシャッターを開けるのは、高度一〇〇〇〇フィートかそこいらだ。四〇〇〇〇フィートでの開閉は想定していない」

「曹長、これだけオートメーション化が進んでいるのに、どうしてこのエリアだけ人力が頼りなんですか？」

「設計にも携《たずさ》わった私のポリシーだ。そういう危険な場所で、コンピュータ制御を取り入れると、作業中にうっかり減圧しないとも限らないからな」

「イーグルのコクピットに入って無線を試みてみます。みなさん、幸運を祈っててください」

「よろしく頼むよ、大尉」

サワコは、さっそく作業にとりかかった。尾翼のアンテナ・コーンを外し、リード線を、切断したアース線と結んだ。

トーイング・カーを押してイーグルの向きを変えると、機首をシャッター部分へと向けた。もし、シャッターが開かなかったら、バルカン砲弾を浴びせて破壊するつもりだった。

アレスティング・フックをチェーンで固定してから、高所作業用の防寒服に身を固めた。サワコは、つくづくハンティトン曹長の念のよさに感謝した。防寒着から最低限の工作機械までそこには揃《そろ》っている。ないものと言えば、短波用無線機ぐらいのものだった。

エアコン・ダクトを塞《ふさ》ぐ二重のスライド・シャッターを閉じる。直径五センチほどの空気孔が作ってあった。

減圧用のハンドルを回すと、コクピットに上がって補助動力装置《APU》に点火した。気圧計が高度四〇〇〇〇フィート付近で安定するまで、ほんの二、三分だった。

次に、コクピットを降りて隔壁のシャッターをほんの一〇センチばかり持ち上げた。外界がかすかに見えた。一面の雲模様だった。

コクピットにとって返し、短波用無線機のスイッチを入れる。

「こちらはUSS―アナハイム、サワコ・アップルトン大尉。救助を求む……」

それは、あまりに弱々しく、途切れ途切れのS―O―Sだった。

空軍参謀副長を務めるアイバン・アッカーマン中将は、ワシントンDCを貫くモールを、ワシントン・モニュメントを目指してジョギング中だった。

どんよりとした空をゲイラ・カイトが舞っている。砂利道を踏みしめる規則的な音が心地《ここち》よかった。

将軍は、ランチ前にこうしてひと汗流すのが何よりのお気に入りだった。

以前は、お気に入りの記者連中と連れ立って走ることから、ペンタゴンに詰める記者連中の間で、ジョギングが流行《はや》ったことがあった。しかし、車椅子の新聞記者から、こういう形でのアッカーマン将軍のリークは、差別的ではないかとの抗議が上がってから、記者と一緒に汗をかくのは御法度《ごはっと》となった。

アッカーマンは、元来ひとりで黙々と走るのは嫌いだった。ジョギングは楽しみながら走ることにこそ意義があるというのが、彼の信念だった。

「スピードなら自信がある」

将軍は、信号で足並みが止まった瞬間、隣りで胸を弾《はず》ませる美貌の女性に告《つ》げた。息が激しく、そろそろ音《ね》を上げそうだった。まあ、おとなしく降参すれば、新型機の計画のひとつぐらい教えてやらんでもない。

「……なにしろ、私は空軍だからな」

下院の軍事情報委員会に籍を置いたばかりのアリス・マクリーン議員は、恨《うら》めしい表情で将軍を睨《にら》み返した。

「将軍、国民は、空軍の秘密癖《へき》と放蕩《ほうとう》癖にいささかうんざりしています……」

アリスは、喘《あえ》ぐように訴えた。

「秘密癖？　それは志向の問題ではなく、単に戦術的な問題だ。議会に口を出してほしくはないな。放蕩とはまた穏《おだ》やかじゃない表現だ」

「秘密プロジェクトが多すぎます。オーロラだのブラック・マンタだの……」

信号が変わり、二人はまた走り始めた。

「聞いたこともない」

将軍はからかうように笑った。

「戦術偵察機ブラック・マンタは、まあいいでしょう。いずれにせよ、戦術偵察機は必要です。しかし、あらゆる航空関係者に聞いても、戦略任務機オーロラはただの金喰い虫で、何の使い道もないと聞きます」

「ほう。仮に、そのオーロラが実在するとして、どうして使い道がないなどと言い切れるのかね？」

「空軍は、ＳＲ―71が金喰い虫だからという理由で、引退させた。ところが、オーロラは、せいぜいSR—71の倍のパフォーマンスを持つだけなのに、それにかかる費用は、桁《けた》が違う。この赤字財政下に、そんな代物《しろもの》を配備する理由がないじゃないですか？

結局のところ、空軍はそのあたりを突かれるのがいやで、オーロラやブラック・マンタを隠しているんでしょう？」

「いやいや、議員。そんなことはないのだよ。どんなプロジェクトも、アメリカにとって必要なものだ。われわれが永遠にリーダーであり続けるためにね」

「軍事的にリーダー・シップをとる時代は、もう終わったんですよ、将軍」

ワシントン・モニュメントに近づくと、頂上へ昇る観光客が、エレベーターの順番を待って塔の下をぐるりと一周して列を作っていた。

アッカーマン将軍は、なだらかな斜面になっている芝生《しばふ》に腰を下ろした。

「ねえ、ミス・マクリーン。飛行機というのはね、アメリカ人にとっては野球みたいなものだ。ある種精神的な存在なのだよ。日本人にも真似できない最新鋭の飛行機を飛ばしている。それはわれわれの誇りじゃないかね？」

「ものごとには限度があります。日本は、ここ二十年新型の軍用機を開発していない。その間に、ビデオや自動車を作っていたからです。われわれがここ二十年やってきたことがいかに異常か考えてください。最先端の技術と最高のスタッフを、あなたがおっしゃる夢の実現に費《つい》やすのは愚《おろ》かなことです。もうそんな時代じゃありません」

副官のエリック・エイボーン大尉が、ベトナム・メモリアルの方向から、制服姿のまま駆《か》けて来る。

「われわれは充分に節約しているよ。昔は参謀副長といえば、散歩にもシークレット・サービスが付いたものだが、今ではこうして、副官が一人、駐車場のリムジンの中で電話番しているだけだ」

将軍は、腰を上げて一〇メートルほど斜面を駆け下りて大尉を出迎えた。

「アナハイムからS―O―Sを受信しました」

「解った。車で帰る」

アッカーマンは、何事も表情に出さずに、「すまんが急用ができた」とマクリーンに告げた。

「将軍、少なくとも、オーロラの問題では黒白を付けさせてもらいます。でないと、アナハイムの存在をリークしますよ」

「アナハイム?……。ディズニーランドの夢物語じゃないだろうね。やれやれ、空軍はまた新しいオモチャを作っているのかね」

上品な笑《え》みをこぼすと、アッカーマンは規則正しい足どりでベトナム・メモリアルへと走り、道路脇に駐《と》めてあったリムジンへと乗り込んだ。

エイボーン大尉は、メモを見ながら喋《しゃべ》った。

「ハワイからです。ハワイへ向かっていたC—5A輸送機が、アナハイムから発せられたと思われるS—O—Sを受信しました。それが、かれこれ四〇分前のことです。発信者はサワコ・キャサリン・アップルトン大尉。イーグルの空輸《フェリー》パイロットです。昨夜アナハイムに収容されたパイロットですが」

「毎日、S—O—Sを打つはめになって、さぞかし不運なパイロットだな」

「はい。ハワイのルドガー中将の報告が、もっとも要約されています。事実——。機関室とブリッジは減圧状態で、侵入不可能である。乗組員は全員、各コンパートメントに閉じ込められ、鍵がロックされている。当直を除く四五名の生存を確認。全員が隔離状況にある。ただし、不意の訪問者であったアップルトン大尉だけが難を逃《のが》れた。通信は、アップルトン大尉が乗っていたイーグル戦闘機によって行なわれている。推測——。破壊工作が濃厚。外部から救援者を送り込む必要あり」

「そのC—5Aはどこにいる？」

「ケース11事項でしたので、ルドガー将軍は接近を厳禁しました」

「賢明な判断だ。近づいていれば、今ごろ木っ端《こぱ》みじんだ」

「ただし、ハワイ州空軍のイーグル戦闘機二機を離陸させたそうです」

「州空軍？　アナハイムは東海岸へ向かっているはずだぞ」

「いいえ。位置報告では、ハワイへ一五〇〇キロの洋上です」

「ハワイだって⁉」

アッカーマン将軍は、ようやく起こっていることの異常さを理解した。

将軍は、自分のオフィスを呼び出し、国防長官の補佐官と空軍参謀総長に、事態を報告するよう命じた。次に、ブルームレイクのファクトリーにいるアナハイムの設計チームの召集と、コロンビア大学のポークフライ准教授をひっつかまえて、一番早いシャトル便に乗せるよう命じた。

アッカーマンは、メインのオペレーション・ルームを避け、スクリーンの代わりにテレビ・モニターだけのサブ・オペレーション・ルームに陣取った。なるべく関わる人間を制限したかったからだ。

「トマトのサンドイッチとレモン・ティをくれ」

画面の向こうに、不機嫌な表情のリッティ・ルドガー太平洋航空軍司令官がいた。

「アッカーマン将軍、もし、われわれが救助活動に携《たずさ》わるのであれば、説明してほしいですな。アナハイムの正体を」

「たいした代物じゃない。空飛ぶ空母だ。四〇〇〇トンを超えるな。私は感謝されてもいいはずだぞ。貴様の指揮下に入る予定だったイーグルを一機救ってやったのだからな」

「愉快じゃありませんな。私の庭を得体《えたい》の知れないＵＦＯが飛んでいるというのは」

「イーグルはどのくらいで着くんだ？」

「あと四〇分ほどです」

「チャフの類《たぐい》は搭載しているんだろうな？」

「チャフ？　平時の州空軍機にそんなものは積んでませんよ。弾丸一発ね」

「引き返させろ。危険だ」

「なぜ？　相手は救助を求めているんですよ」

「アナハイムは、あらんかぎりの防御兵器を搭載している。申しわけないが、貴様が持っている全戦力が、ほんの三〇分で全滅する。もしこれが、破壊工作によるものであるとすれば、何が起こるか解らない」

「何を積んでいるんですか？」

「アムラームからバルカン・ファランクス。それも二五ミリの奴だ。くわえて、レーザー兵器を四基搭載している」

「それはその……」

ルドガー将軍は一瞬言葉を失った。墜落しかけた戦闘機をどうやって救助しようかと血眼《ちまなこ》になっている連中がいるかと思えば、一方じゃ、飛行空母だのレーザー兵器だの戯《ふざ》けたお遊びに夢中な輩《やから》がいる。まったく空軍てのは妙ちきりんで無責任なところだ。

ルドガーは、呆《あき》れた表情で口を開いた。

「将軍、あなたは、ここへ飛んで来るわけにもいかない。私はどうすればいいんです？」

「君は、ただ私の命令に従えばいい」

アッカーマンは冷たく言い放った。アッカーマンという男の悪い側面だった。他人の意思や人格をいっさい尊重しようとしない。誰しも自分の命令に従って当然だと思っている。

「いいでしょう。イーグルを接近させます。敵対行動をとらなければそうそう攻撃されることもないでしょう」

「レーダーを消して、目視《もくし》捜索で接近させろ。でないと、防御システムが作動する恐れがある」

「了解です」

回線が切れると、アッカーマン将軍は昼飯をパクついた。

「どうなっているんだ？　いったい……」

「将軍、今のうちに海軍や、F―22チームの応援を求めておいたほうがよくはないですか？」

エイボーン大尉が、レモン・ティのカップにダイエット・シュガーを落としながら進言した。

「そいつは撃墜も考慮しろという意味か？」

「はい。アナハイムの技術を他人に渡すよりはましです。クルーには気の毒ですが」

「その場合でも海軍なんぞにやらせる必要はない。ファクトリーの連中が答えを見つけ出すさ。ポークフライだって、本来こういう時のために、研究資金を与えておいたんだ。だが、そうだな……。F—22のスーパー・クルーズ能力とステルス性なら、近づけるかもしれん。アムラームを抱かせて離陸させろ。ただし編隊でだ」

そうは言ってみても、正直なところ、アナハイムに引っかき傷ひとつ付けられる方法があるとは、ちょっと思えなかった。

「ルドガーは、そのうち思い知ることになるだろう。自分がどんな化け物を相手にしてしまったか」

その化け物を操っているのが、日本の総合商社でもなければ、アラブの原理主義者でもない、世間をすねた女子大生だということに気づくには、もうしばらくの時間と犠牲を要したのだった。


そのころ、リンダ・コースペックは、セントラル・パークで開かれたエイズ救済ロック・コンサートの会場にいた。マリファナをくわえてそこそこハイな気分で楽しんでいた。

ハワイへ向かうまでは、誰にも知らせてやる必要はなかった。連中をてんてこまいさせるのは、ハワイの防空識別圏を脱してからだ。ポークフライ先生の説明によれば、アナハイムの防御能力なら、どんな戦闘機でも、四〇〇〇メートル以内に接近することはできないということだったが、コンピュータなら何でもこいのリンダは、しかし兵器となるとからきし駄目だった。

彼女が知っていることはただひとつ。コンピュータが兵器を制するのだということだけ。それだけ知っていれば充分だった。


サワコ・アップルトン大尉は、カフェテリアで、コーヒーと冷蔵庫にあったハンバーガーを温めて食事にありついた。

今朝からダイエット・コークを飲んでいただけなので、ほっとする気分だった。

どんな状況にせよ、外で、自分たちの救出に尽力してくれる人々がいるというのは歓迎すべきことだ。

シャッターを閉じるのはひと苦労だった。ハンドルを握る手に力を入れすぎたせいで、節々《ふしぶし》が赤く腫《は》れていた。

サワコは、ウォーキー・トーキーをテーブルに置いたまま、黙々と食べた。

艦内に破壊分子が潜《ひそ》んでいる可能性については、今では誰も考えていなかった。もしそうであれば、アップルトン大尉の決死の行動をどこかで阻止《そし》していたはずだ。

NOVAシステムのエラーであることを、皆が確信するところだった。

サワコは、今ではシーバッグにパラシュートまで詰めて持ち歩いていた。ウォーキー・トーキーが二台。二〇分保《も》つ酸素ボンベが一つ。エネルギー飲料一缶、乾パン三枚。

食事が終わったら、もう一度後部デッキへ帰って、通信アンテナを敷設《ふせつ》する作業にとりかかることになっていた。

ウォーキー・トーキーで、ハンティトン曹長が細かに説明してくれた。

「シャッターは、二枚とも炭素繊維だ。バーナーで孔《あな》を開ける。たぶん火災にはならないが、ある程度の有毒ガスが発生するのは覚悟したほうがいい。それに、ただ破るといっても、本当に小さな孔を開けるのが精いっぱいだろう。なにしろ、本艦に採用されている超硬質炭素繊維の融点は鉄よりはるかに高いからな。孔が開いたら、冷えるのを待って、まずアンテナ・コードを外へ出す。そして、瞬間接着剤で、周囲を埋める。温度が低いので、すぐ固まる。たぶん五分も待つ必要はない。自分の手を引っ付けないよう気を付けてくれよ。そうやって孔を開けてシャッターを閉じれば、あとは与圧してケーブルをエアコン・ダクトに通し、降りたところでウォーキー・トーキーに繋げばいい。そうすれば、あんたはいちいちダクトを通ってイーグルまで出向かずにすむ」

「接着剤って、大丈夫なんですか？　なんだか小学生の図工みたいですけど」

「ノープロブレム。機体外側の補修作業に出る時は、命綱を付けて、ただ接着剤のみで作業する。高度を充分に落としての作業だがね。それが炭素繊維の強みでもある。酸素マスクを装着するのを忘れないでくれ」

「ほかに何かいいアイディアは浮かびませんか？」

モニターしている連中から、「飯が食いてぇや」とヤジが飛んだ。

「残念ながらダイヤモンド・カッターを持って部屋に引っ込むほど用心深いクルーはいなかった。しかし、パラシュートに付属していた非常食があるので、二、三日は困らない」

チェンバレン艦長が割って入った。

「まあ、トイレは自室ですますしかないがね。幸いにして、燃料切れで墜落することはないんだ。気長に行こう。われわれも自助努力を放棄したわけではないし、地上の連中が冷静な視点でレスキューに加わってくれれば、百人力だ。初めて乗り込んだ奇妙なフネの中で、たったひとりで行動しなければならない孤独は察するが、しょせんパイロットはいつもひとりだ。解るだろう」

「ええ、同意します。でも、コクピットはここと違って歩き回る必要はありませんからね」

サワコは、コーヒーを流し込むと、装備一式が入ったシーバッグを担《かつ》いで席を立った。

まったくもって、誰も操縦にタッチしていないのに、こんなバカでかい飛行機が空を飛んでいるのが不思議でならなかった。

ハワイ州空軍のジョーイ・ヘンケン予備役《えき》中佐は、ふだんはハワイアン航空のボーイング757のパイロットを務めている。一緒に飛ぶウイングマンのウィリー・パーマー予備役大尉は、ヘンケンより四歳年上だが、遊覧飛行会社を経営し、けっこうな羽振りの男だった。

日本人向けには、パールハーバー攻撃を再現するトラトラトラ・ツアーを、アメリカ人には、雄大なハワイの自然を堪能《たんのう》させるグレート・ハワイアン・ツアーというコースを持っていた。ヘンケンは、たまの息抜きで、パーマーが所有するビーチクラフト機のコクピットに座らせてもらっていた。なんといってもエアラインの仕事は神経をすり減らす。

二人にとって、州空軍の任務でコクピットに収まるのは、格好の息抜きになった。

「チラと聞いたところじゃ、空母に着艦したんだそうだ」

「俺が聞いた話じゃ、本土から来た給油機が間に合ったって話だったぜ」

昨日のイーグル戦闘機のトラブルでは、いろんな噂が広まっていた。確かなことは、そのイーグル戦闘機は、ハワイ州のどの島にも着陸せず、しかし墜落もしなかったということだけだった。可能性としては、空母に着艦したか、ハワイからは挫折《ざせつ》したものの、どこかの空中給油機が間に合ったかのいずれかだった。

昨日のトラブルといい、今日の偵察任務といい、奇妙な出来事が続いていた。今日の偵察任務は、PACAFのルドガー中将じきじきの命令だった。

ヘンケン中佐は、チャートを開いて、目標ポイントまで、一〇〇キロと計算した。そこで司令部へ無線を入れることになっていた。出発前のブリーフィングには、ルドガー将軍の腹心であるハウザー大佐までが顔を出したが、肝心の、「われわれは何を探せばいいのか？」という質問には答えてくれなかった。

それはバカでかい目標で、おそらく敵対行為をとることはない、多数のアメリカ兵が乗っている、ということしか教えられなかった。しかも、目標ポイントは、無線探知によって割り出した場所で、予想コースを算定はしたが、大きくずれる可能性もあるとのことだった。

ここいらへんは、もうとっくにハワイの防空網からはみ出しており、基地のレーダーのはるか到達距離外だった。

「こちらは、ピーチレモン・リーダー。目標まで一〇〇キロに接近した。さらに前進するか？」

「ハウザーだ。コースを０―３―２にとってくれ。レーダーはけっして使用するな。電子戦《ＥＣＭ》システムをＯＮにしてくれ」

「了解、コースを０―３―２にとる。レーダーは使用しない。ＥＣＭシステムをＯＮにしてさらに前進」

やがて五分も飛ぶと、北の空に陽光を受けて飛ぶ巨大な物体が見えてきた。

「なあ、ウィリー。俺たちゃ、空飛ぶ円盤とかの捜索を命じられたんじゃないだろうな……」

「あれはどうも……、フネだぜ。まるで」

ヘンケン中佐は、ハワイへ報告した。

「ええーと……。目視発見した。目標は、西へ進んでいる。速度は、時速六〇〇キロ超というところだ」

「こちらハワイ。目標を描写してくれないか？」

「描写しろって……。とにかくでかい。たぶん真横から見ているんだと思うが、ジャンボの倍の大きさはある。尾っぽみたいなものが見える」

「上昇して、上から俯瞰《ふかん》してくれ。ただし、三〇キロ以内に近づかないこと。目標はコントロールを喪失し、なお自動防衛システムが入っている恐れがある。アムラームの射程内に入るな。そこで、君たちは機内に閉じ込められたクルーと交信できるはずだ」

「こいつはなんです？　大佐。わが軍の所有物ですか？」

「そうらしいが、くわしくは知らない。機密事項ということだ」

「ああ、カリフォルニアの砂漠地帯を飛んでいるとかっていうＵＦＯのことですな」

高度差を三〇〇〇フィートほどとり、さらに接近した。全体的に、ステルス爆撃機のＢ―２を思わせる真っ黒な塗装だった。

「ハウザー大佐。その……、まるでイトマキエイですな。機体は菱形で、たぶんラダーの真似なんでしょうが、尾ひれまで付いている。背中の中央部に、滑走路らしきペイント部分が視認できます。目標の真後ろに占位し、通信に備えます」

背後へ回ってみて、初めて横幅のほうが前後の長さより大きいことに気づいた。典型的な全翼機タイプだ。

ヘンケン中佐は、こちらへ向かっている空中給油機のために、位置を報告し、じりじりと距離を詰め始めた。

「とくに、外部的な損傷は見当たらない」

アッカーマン将軍は、ペンタゴンで、その通信をモニターしていた。

ブルームレイクのファクトリーと結ばれたテレビ回線には、アナハイムの主任設計技師を務めたビクトル・ウレンゴイ博士が出て、メモを取っていた。

ここ数年の空軍の秘密プロジェクトの指揮を執《と》った男で、ブルームレイクの魔術師と呼ばれていた。

「博士、よろしいかな?」

アッカーマンが唯一、頭が上がらない男だった。ウレンゴイ博士は、無言のまま、無表情のまま頷いた。ウレンゴイという男は、まったく無表情なまま突拍子《とっぴょうし》もないアイディアを次々と持ち出す天才として知られていた。

「ハワイから工作班を乗艦させてはどうだろう?」

「エンジン・カッターと通信装置を持たせてかね?」

「そうだ。ありったけのダイヤモンド・カッターを調達して」

「もし、アナハイムが針路を変えないのであれば、やってみる価値はある。同時に、日本駐留部隊にも、同様の準備をさせたほうがいいな。方法としては、外部からブリッジへ侵入するか、全員を救出したのち、艦内を減圧して中からブリッジを開けるかのいずれかがいいだろう」

「原因は解りますか? 私にゃ、とても隕石《いんせき》の衝突や破壊工作だとは思えない」

「乗組員の一人が発狂して、クルー全員を道連《づ》れに自殺を図《はか》ったのかもしれない。その可能性が一番高い。なにしろ、空軍は海軍さんほど密閉空間における長期航海のノウハウを持ってはいないからね」

「それはもっと賛成できない。私が徹底的にスクリーニングした連中ばかりです」

「申しわけないが将軍、ヒューマン・エラーの頻度《ひんど》に比べれば、エンジニアリング・トラブルなど些細《ささい》なものだよ。いずれにせよ、夜になったらファクトリーからもスタッフを出す。オーロラで、直接アナハイムに降下する。じたばたして無関係な兵士にアナハイムの存在を知らしめるようなことにはあまり感心せんな」

「私はクルーの生命を預かっている。それに、アナハイムがロシアや中国の空を飛ぶような事態は歓迎できない」

　博士はまた無言で頷いた。

「ポークフライの到着を待って、ＮＯＶＡへのアクセスを試みます」

「ＮＯＶＡはデリケートなシステムだ。くれぐれも注意してくれ」

　アッカーマン将軍は、それからハワイのルドガー将軍を呼び出し、もっとも優秀なパイロットによって操縦されたＣ―130輸送機に、ありったけのダイヤモンド・カッターを持った整備兵と、プラスティック爆薬で武装した救難チームとを乗り込ませ、待機させるよう命じた。

同時に、ミサワ駐留の特殊任務部隊にも、理由を告《つ》げることなく同様の措置《そち》をとらせた。

サワコ・アップルトン大尉は、まだ作業のさなかだった。

アセチレンのガス・バーナーで孔を開ける作業に、思いのほか手間取った。炭素繊維製のシャッターは、真っ赤になりはするが、なかなか溶融《ようゆう》せず、もちろん燃えもしなかった。

その作業だけで三〇分を費やしたが、あとは楽だった。送受信用に二本のケーブルを外部に出した後、その孔を瞬間接着剤で埋め、デッキの気圧をじょじょに上げた。

サワコは、汗びっしょりのまま自機のコクピットに上り、外のイーグルと連絡をとり始めた。

「こちらはサワコ・アップルトン大尉です。聴《き》こえますか？」

「クリアに聴こえる、大尉。私は州空軍のヘンケン中佐だ。君の後方二五キロまで近づいた。状況に変化はないか？」

「とりあえず、マスクなしで無線が使えるようになったことぐらいです」

「君はたいそうなフネに乗っているようだが、現在ハワイで救出作戦が練られている。もう半日も待てば、君たちを救助できるだろう」

「ハワイですか⁉　これ、東海岸に向かっているんじゃないんですか？」

「いや、ハワイの北を掠めようとしている。ほぼ真西に進んでいると言っていいだろう」

「これから、無線機を繋ぐために、いったんデッキを離れます。しばらく――」

突然、警報が響いた。全員配置を呼びかける非常警報だ。

続いて、ソフトな女性の声で、警報の内容が繰り返された。

《接近警報！　接近警報！　敵機が接近中、全員配置に就《つ》け。ただちに迎撃に移る》

警報は二度、そのメッセージを繰り返した。ウォーキー・トーキーで、チェンバレン艦長が、「ブレイクさせろ！」と怒鳴《どな》った。

サワコは、「ブレイク！　ブレイク！」と叫んだ。

「アナハイムが自衛行動に移りました！　ただちにブレイク！」

ヘンケン中佐は、しっかりと目撃した。両翼の、かなり端のほうから、突然ミサイルが飛び出して来たのを。ランチャーが起動して来るでもない。突然、ミサイルの頭が羽根の中から飛び出して来た。それも後ろ向きにだ。

イーグルの火器管制装置が、自動的にＥＣＭをＯＮにする。

ヘンケン中佐は、相手のミサイルは自国製の、おそらくはアムラームか、スパローの最新型であろうと見当を付け、覚悟を決めた。

微動だにせず、その瞬間を待ち受けた。命中まで三〇秒足らず、ＥＣＭはまったく効き目がなく、ミサイルはまっすぐに向かってくる。

「ミサイルが向かってくる！　ベイルアウトする！」

中佐は、高度四〇〇〇〇フィートで、ミサイルが命中するほんの三秒前に、ベイルアウトしてイーグルを脱出した。だが、直撃したイーグルの破片をまともに浴び、パラシュートが開く前に絶命していた。

一方のパーマー大尉は、反射的に行動した。ラダーを蹴《け》り込み、スティックを前方に倒してダイブすると、水平飛行に戻しながらパワーレバーを全開し、さらにアフター・バーナーを点火して、ミサイルから逃れた。

その間およそ一〇秒、Ｇと闘いながら、首を思いきり後ろにひねると、ミサイルははるか背後にあった。瞳を見開いたまま前方へと逃げ続けると、装備していないと解っていながら、チャフ・リリース・ボタンを押し続けた。

やがて、はるか後方で、ヘンケン機が吹き飛ぶ。飛び出したヘンケンのシートは、明らかに爆風を受けた様子だった。

「こちらパーマー機、ヘンケン機が吹き飛んだ。ベイルアウトに成功したが、爆風をもろに受けた様子だ。至急レスキューを頼む。こっちも振り切れる自信がない」

パーマーは、自分のキャリアに賭けた。脱出はしないと決めた。命中を逆算しながら、その寸前で、三基のドロップ・タンクを落とし、エルロン・ターンを切った。うまくすれば、ミサイルは、ドロップ・タンクを目標として誤認してくれる。

パーマーは、結局時間を稼《かせ》ぐことはできたが、逃げ延びることはできなかった。アムラームには、およそ戦闘機が取りそうな回避方法のすべてがプログラムされている。

パーマーは、愛機とともにバラバラになった。

サワコ・アップルトン大尉は、五分ほど呼び続けたが、応答はなかった。代わって応えたのは、ＫＣ─135空中給油機のパイロットだった。

「アップルトン大尉？　こちらはＫＣ─135のソフィア・ニールセンです。今、あなた方に三〇〇キロまで接近しています。ごめんなさいね。昨日、私の機体がパンクしてあなたを助けられなかったの」

「レスキューを要請していただけますか？」

サワコは、感情の失《う》せた声で尋ねた。

「もちろん要請したわ。元気を出しなさい。あなたしか動けないのであれば、その乗組員を助けることができるのは、あなたひとりなのよ」

「われわれはまず、遭難現場へ向かい、海上で墜落者を捜索します。それから、アナハイムを追撃することになるでしょう」

「解りました」

「了解、アウト」

サワコは、がっくりと首をうなだれながら、無線を切った。

艦長のチェンバレン大佐は、自室でコーヒーを飲みながら、メモ・パッドに淡々と状況を記《しる》した。

幸い艦長室だけはコーヒー・メーカーが置いてあり、部屋の電気は問題なく点灯していた。

遺書はとうに認《したた》めたが、果たしてそれを回収できる状況が訪れるかどうかは疑問があった。

そして、アップルトン大尉を呼び出した。

「大尉、陸の連中に聞いてくれ。私のマリッジリングには、ダイヤモンドが埋め込んである。気長な話になるが、ロック機構に一番近いところにチャレンジすれば、いずれは壁を破ることができると思う。どこにチャレンジすればいいのか、ファクトリーの連中に聞いてくれ」

チェンバレンは、乗組員にも、ダイヤモンドの装身具を持っている者を募《つの》った。ネクタイピンやら、指輪やらで四名が持っていた。

ファクトリーからの回答のもと、彼らは、黙々とその作業を開始した。

ルドガー将軍は、テレビ・モニターの前で祈るように両手を組んでいた。

「アッカーマン将軍……。せめて防衛システムの情報を事前にいただきたかった」

「ルドガー、非武装の州軍機を出撃させたのは、貴様のミスじゃないか。私は引き返させせろと警告した」

「あんたは、捜索任務だと言ったじゃないか⁉　私は査問委員会に訴えてやる！　アナハイムに関するすべての情報をよこせ。でなければいっさいの協力はできない」

「そんな情報など私は持ってはいない。それこそ野球場一杯分の書類の山を抱え込むことになるぞ」

「どこへだって受け取りに行ってやるとも！」

「そうかっかするな。新型機開発に犠牲は付き物だ。給油機をパイロットの捜索へ向かわせるのはやめろ。無駄なことだ」

「そんなことを命じる権限はあんたにはない」

「ルドガー君、感情的な君のために、冷静に指摘してあげよう。すでにイーグル編隊が通信を絶《た》って一〇分以上になるが、誰も救難信号をキャッチしていない。無事に海面までたどり着いた奴はだいたい助かるものだ。付近に海軍さんがいるなら、海軍に捜索を委《ゆだ》ねるもよし。私は、アナハイムを見失うことを望まない」

ルドガー将軍は、忌々《いまいま》しい表情で自《みずか》ら手を伸ばし、モニターとカメラのケーブルを引っこ抜いた。

「将軍、撃墜の算段をつけておきませんと……」

エイボーン大尉が具申した。

「大尉。アナハイムは一〇〇発ものアムラーム・ミサイル、二〇〇発ものサイドワインダー・ミサイル、バルカン・ファランクス。そして、無限に電力が供給されるレーザー兵器を四基も装備している。頭上から大陸間弾道弾をぶち込んでも迎撃されるのがおちだ。あれを撃ち落とす方法はただひとつ。限りなく接近して、一〇〇メガトン・クラスの核爆発を起こし、その爆風で叩き落とすぐらいだ。それとて、アナハイムが自己復帰《レカバリー》に成功すれば、効果はない。そもそも、そんな威力のある核爆弾を、われわれはもう保有していない」

「NOVAは敵味方識別装置をONにしなかったみたいですね?」

「ああ、俺はウレンゴイ博士の考えには反対だが、こういう状態は、人為的な操作でないと、とうてい考えられない。誰かに乗っ取られたと考えるのが妥当だろうな。それが空軍の人間でないことを祈るのみだ。レッド・ドッグのオッペンハイマー中佐を呼び出せ。こういうことは奴の領分だ」

アッカーマン将軍は、オフィスの秘書に愛用のビタミン剤を持ってこさせると、三粒口に含んでから、嚙《か》み砕いて飲んだ。そうするのが彼のいつもの癖だったが、今日ばかりは、まさに苦虫《にがむし》を嚙み潰《つぶ》すような表情だった。


リンダ・コースペックは、自分のアパートに帰ると、マリファナが抜けきらない頭で、ハッカー雑誌『2600』のページをパラパラめくった。

この雑誌も、政府からハッカー連中の巣窟《そうくつ》として目を付けられてからすっかりつまらなくなった。

ポークフライ先生に勧《すす》められて、ヨーロッパ最大のハッカー・ネットワーク集団ケイオス・クラブの『デイトンスクラッチャー』を購読するようになったが、カウンターカルチャーとしての役割はすでに終わっていた。

リンダの当面の夢は、かつてケイオス・クラブや『2600』が持っていたような、完全に反権力の地下出版物を再発行することだった。

ハッカーは、けっしてならず者集団ではない。そう教えてくれたのは、ポークフライ先生だった。

ハッカーは、けっして銀行の預金コンピュータに押し入るようなケチなことはしない。真のプライドあるハッカーたちは、政府機関のデータベースに侵入し、それを公開することによって情報の独占化を謀《はか》ろうとする政府を糾弾することを誇りとしていた。

ポークフライ先生に言わせれば、八〇年代、ハッカーこそが市民運動の最先端にいたのである。

残念なことに、今、その熱気は失せ、天才ハッカーの多くが企業に取り込まれてしまった。リンダは、その腐りきった先輩連中に、活を入れてやるつもりだった。

政府が、いかにして巨額の予算を裏帳簿へ回し、くだらん軍事開発に血税《けつぜい》を注いでいるか暴露してやるつもりだった。

そして、リンダ・コースペックの名前は、悪徳不動産屋ハワード・コースペックの娘としてではなく、今世紀最後にして最強のハッカーとして歴史に名をとどめるのだ。

リンダは、『デイトンスクラッチャー』誌を床に放り投げると、パソコンを立ち上げ、NOVAネットワークにアクセスし、今朝の指令以降の航海日誌をダウンロードした。

まず、アナハイムの現在の飛行情報が、高度、速度、針路と表示される。続いて機関関係の情報。

そして、過去数時間の状況がモニターに映し出された。

交戦記録――、二機撃墜。アムラーム・ミサイル二発消耗。損害ナシ。

補足状況として、後部危険作業デッキにて、数度の減圧があったことが記《しる》されていた。

リンダは、NOVAへ質問を送った。

「危険作業デッキのバルクハッチは開放状態にあるのか？」

《クローズ状態――》

「侵入形跡はあるか？」

《炭酸ガス、一酸化炭素、温度上昇、その他を検知。作業の痕跡アリ――》

なんてことだ……。脱出した奴がいる⁉

「キャビンから脱出したクルーはいるか？」

《いない。すべての居住室はクローズ状態――》

ほんのひとりかふたり、ドアが閉まった時間に、カフェテリアかジムにいたに違いない。ひとりぐらいならどうってことはない。たとえ太平洋上で脱出に成功して救助を求めていたとしても、こちらから教えてやる手間が省《はぶ》けたというものだ。

リンダはほっとしながら、画面上に、国防総省へ送る予定のメッセージを呼び出した。二日がかりで練り上げたものだったが、結局シンプルなものに落ち着いた。

発信者名は、「ミスター・フラクタル」にした。

リンダは、その文章が三〇分後、NOVAからダウンロードされるよう命じると、アナハイムに新たな針路と高度を命じた。
目標は、ハワイ州ホノルル。今夜のプライム・ニュースが楽しみだった。

3章　ワイキキビーチ

　スニーカー姿にデニムのズボン、ブランドもののセーターを肩に引っかけた男は、金髪に染めた髪を肩まで伸ばしていた。

　アッカーマン将軍は、そういう輩《やから》を生理的に嫌悪《けんお》していたが、ごくまれに、その手のモラル崩壊を来《きた》した連中の中に、逸材が潜《ひそ》んでいるという事実だけはしぶしぶ受け入れていた。

　コロンビア大学のポール・クック・ポークフライ准教授は、パワーPC搭載のブック型パソコンを小脇に抱えると、まるでキャンパスを闊歩《かっぽ》するかのような気軽な足どりで、アッカーマンが待ち受けるサブ・ルームに顔を出した。

「あんた、恋人にアナハイムのことを喋《しゃべ》りはせんかったろうね？」

　ポークフライが向かいの席に腰を下ろすなり、アッカーマンは噛みついた。

「アリスのことですか？　まさか。あんなハイエナにベラベラ喋るようなことはしませんよ。こと国防問題に関しては、彼女はコンピュータ・ウイルスみたいにたちが悪いですからね。それより将軍、私は今日、就職活動で日本企業との夕食の予定があるんです。一時間で帰らせてもらいますよ」

「君が片付けてくれればな。アナハイムがコントロールを外れて勝手に飛び回っている。乗組員を閉じ込め、接近したイーグルを撃墜し、したい放題だ」

「ほう、そりゃまた凄《すご》い」

ポークフライは、困惑ではなく、興味本位な表情だった。

「凄い？　凄いだなんて言わんでくれ。イーグルのパイロットがついさっき二人も戦死した。アナハイムのクルーのうち、深夜当直に就《つ》いていた五名もたぶん死んでいる」

「ファクトリーのウレンゴイ博士はなんと？」

「やっこさんはヒューマン・エラーだとぬかしてやがる。乗組員の誰かが、発狂してみんなを道連れに自殺でも図《はか》ったんだろうとな」

「わりと合理的な考えじゃないですか」

「どこが合理的なもんか。その手の原因なら、おたくの大学で学生どもがバラ撒《ま》いているタブロイド新聞でも思いつく。こいつはあんたの専門だ。ほかには考えられない」

「誰か、外部の者が乗っ取ったというわけですか？」

「ああ、ＮＯＶＡはこのごろ調子がよくなかったんだ。初期故障はとうに叩き出した。今ごろ故障なんておかしい」

「道理ですね。まずファクトリーの連中と話をさせてください。それから考えましょう」

　ファクトリーのウレンゴイ博士は、さっきと変わらず、犠牲者を出したことに何の動揺も見せなかった。

「今となっては、構造効率の追求が徒《あだ》となってしまった。原子炉周辺部を除いては九割がたが超硬質炭素繊維で、なにしろチタン合金並みに硬いからな。クルーがせめてもう四、五人脱出できればやりようもあるんだが」

「それは、無駄です。たとえクルーが全員ブリッジにいたとしても、もしNOVAが管制権を手放さないのであれば、アナハイムを捨てて脱出するしかないでしょう」

「オーロラ二〇機分もの予算を注《つ》ぎ込んだんだ。軽々しく捨てるなんて言わんでくれ！」

　アッカーマンが抗議した。まったく学者だの設計者だのにとっちゃ、戦闘機もただの箱でしかない。おかげですぐ捨てるなんていう発想が出てくる……。

「艦内からNOVAの中枢にアクセスできる場所は限られている。まず、それを探してください。こちらはネットワークを使ってアクセスを試みてみます」

　ファクトリーからのモニターが消えると、アッカーマンは、「どうして学者って奴らは糊《のり》の効いた白衣を着たがるんだ……」とぼやいた。

「着るもんに神経使う余裕があったら、ちっとはましな機体の開発に神経を使ってほしいものだよ。NOVAは、ひょっとして自我に目覚めたんじゃなかろうね？」

「コンピュータがですか？」

ポークフライは、いかにもSF的な発想に失笑した。

「将軍、いずれはその日が来て、ひょっとしたらそいつは真っ先に核戦争の引き金を引くかもしれないが、少なくとも向こう二〇年はその心配はない。それに、NOVAはそれほど新しいシステムじゃない」

「君で大丈夫なんだろうな?」

アナハイムの中枢から非常灯まで一切合切《いっさいがっさい》を管理するNOVA、ナーブ・オーバー・ベリファイ・アクセレーター・システム。神経超最適化加速という厳《いか》めしい名前のシステムの生みの親であるポークフライの師ペーターゼン教授は、アナハイムの初飛行を待たずにエイズで死んだ。結局、NOVAの微調整は、その教え子であるポークフライに委《ゆだ》ねられたのであるが、ポークフライに言わせると、NOVAシステムは、コンピュータ・システムとしての革新性はそこそこで、セットアップに職人肌の芸術的操作能力が求められるものの、それをクリアした後の、日常的操作性は、パソコンの世界のウインドウズをはるかに超えるものがある。スーパー・コンピュータの世界で、これだけ簡便な操作方法を持ったものはないということだった。

「私がいちばんくわしいということは受け入れてもらわないと」

「じゃあ、日本人に電話を入れろ。政府の仕事で今ワシントンにいるからと」

将軍はわざわざ受話器を差し出した。

「日本人って奴らは時間に厳《きび》しい。同時に、政府という言葉にも弱い。君の研究室への援助は打ち切られたんだろう？」

「ええ、なにしろ、日本も不況ですからね。それに、私もそろそろジャンキーな学生の子守はやめて将来のことを考えなきゃならない時期でしたから、ま、いいんですよ」

ポークフライは、面接を兼ねた夕食に断わりの電話を入れると、腰を据えて作業にかかった。

アッカーマンは、統合参謀本部議長への電話を入れ、オッペンハイマー中佐からの連絡を待った。ファクトリーやポークフライが失敗すれば、たぶん彼だけが頼みの綱となるはずだった。

同じころ、スーパー・クルーズ能力を持つF—22戦闘機四機が、西へと向けてニュー・メキシコ州ロズウェル空軍基地を飛び発《た》った。アナハイムの三倍ものスピードで巡航飛行できるアメリカ空軍の次期主力戦闘機だった。

KC—135空中給油機のソフィア・ニールセン少佐は、アナハイムの後方三五キロに占位して追尾中だった。ハワイ諸島は、昨日とはうって変わった快晴で、晴天域に近付くごとに、雲が細切れになり、真っ青な大海原《うなばら》が眼下に広がり始めた。

昨日の事故のおかげで、嘉手納への出発が一日延び、今日こそはゆっくりできると思っていたら、朝イチで緊急呼び出しを受け、離陸するはめになった。パンクしたタイヤの交換は終わっていたが、ギアの調子をチェックする余裕もなかった。おまけに、副操縦士のブラッドリー大尉は、朝の六時からゴルフに興じていて、またしてもMPのお世話になる始末だった。

大尉は、ハワイに位置報告を行なった後、「なんとかしてあげたいですね。せめてイーグルのパイロットだけでも」と呟《つぶや》いた。

なんとかしてやりたいのはやまやまだった。なにしろ、サワコ・アップルトン大尉がアナハイムに乗り込むはめになった原因の半分は、彼らにあるのだから。

「そうは言っても、まずこちらが撃墜されないように気をつけなきゃね」

ニールセンは、絶えずレーダー画面に気を配りながら喋った。さすがにこの距離まで背後から近づくとレーダー反射があったが、それでも返って来る電波の強さは、戦闘機程度の大きさにしか見えなかった。

「少佐は知ってました？　アナハイムの存在を」

「まさか。でも、ブラック・マンタもオーロラも公開が近いっていう噂じゃない。公開する機体があるってことは、空軍はまた別に新しいオモチャを手にしたということじゃないの」

「そうですね。でも、こんな奴が量産されたら、給油部隊なんて廃止されちゃうんじゃないですか」

「こんなものを量産できるほど、アメリカは金持ちじゃないのよ。私としては、こんな代物《しろもの》が公開されて納税者の指弾に遭《あ》う前に、バラバラにされるのを望むわね。でなきゃ、空軍は袋叩きに遭うわよ」

気のせいか、アナハイムの尾っぽが、ちょっと右へ傾《かし》いだように見えたので、ニールセンは身を乗り出し、双眼鏡を手に取った。

ホライズンを見て、自機が水平飛行をしていることを確かめる。アナハイムは、間違いなく全体に左へと傾いていた。

「針路が変わるわ！」


サワコ・アップルトン大尉がニールセンからの無線を受けたのは、ようやくイーグルが鎮座するデッキのシャッターを隔離して与圧を復帰し、アンテナ・ケーブルをエアコン・ダクトから通路へと引っ張り出し終えたところだった。

長いこと高度四〇〇〇〇フィートの大気の中にいたせいで、極度の寒さで頭がキンキンしていた。熱いコーヒーが一杯欲《ほ》しかった。

サワコは、フライト・スーツのまま、その場に座り込むと、中継機としてウォーキー・トーキーを使う手はないかと考えた。そうすれば、艦長を含めてみんなが、自分を経由することなく、外界の誰とでも通話することができる。

アナハイムの通信士官の答えはノーだった。遭難装備品のウォーキー・トーキーには、最低限の能力しか組み込まれていない。秘話装置が入っているだけでもめっけものだという答えだった。

床に置いたマグライトが、ころころと反対側に転がり始めた。

「こちらはニールセン、アップルトン大尉。アナハイムが旋回しているように見えるけど?」

「こちらアップルトン。どうもそのようですが、アナウンスは何もありません。左旋回……。方位はどっちですか?」

「南のようね」

「北へ飛ぶよりはましですね」

傾斜は一時《いっとき》で収まったが、今度は、高度がじょじょに下がり始めた。

キャビンに取り残されたクルーたちが騒ぎ始めた。

「ニールセン少佐!? 降下率を教えてください」

「ゆっくりとよ。たいしたことはないみたい。でも、貴女はイーグルのデッキに帰ったほうがいいかもしれないわね」

「どういうことです?」

「そこだけが、唯一外界と接触しているのなら、貴女はパラシュートで脱出できるじゃない」

「そんなことはできません」

返って来たニールセン少佐の言葉は、冷ややかだった。

「貴女はそのフネのクルーじゃないし、納税者は、養成にお金のかかったパイロットを失うことを望まない」

「しかし……」

続いて呼びかけて来たチェンバレン艦長は、もっとはっきりと脱出を命じた。

「アップルトン大尉。アナハイムがもし海面に突っ込んだら、相当に巨大な津波が発生するだろう。なるべく早くに脱出してくれ。残念だがこれも運命だろう」

「お言葉ですが、艦長。この艦の防御システムが、脱出者に対して作動しないという保証はありますか？　私は、飛び降りたとたん、レーザーに焼き殺されるよりは、艦内に留まるほうを選びます」

「それは確かに保証できないが……、給油機に計算させてくれ。この機はひょっとしてハワイを目指しているんじゃないのかね？」

「まさか……、ハワイの陸上に突っ込むとでも……」

そのあとはもう、ハワイからペンタゴンに至るまでパニックに陥《おちい》った。

ハワイのルドガー空軍中将は、その通信をモニターしたとたん、肘掛け椅子を倒しながら飛び上がり、「ハワイじゅうの戦闘機にスクランブルをかけろ！」と叫んだ。

「防空任務部隊をかき集めろ！　海軍の空母を探せ！」

ヘッドセットを被ったハウザー大佐が、マイクを押さえながら「落ち着いてください」とたしなめた。

「将軍、われわれはアムラームより足の長い空対空ミサイルは持っていないんです。それに、防空任務部隊といっても、ここはハワイですよ。基地防空用にホーク大隊がいる程度です。あとはスティンガーだけで――」

「何もないよりはましだ」

「操作員をかき集めるのに半日はかかります。ここはハワイなんです」

大佐は、二度もここがハワイだということを強調した。ハワイは、戦争をする土地じゃなく、戦争を忘れるための場所なのだ。

「海軍さんに電話を入れろ。パールハーバーの軍艦をありったけ出港させて、防空に当たらせれば、うちの部隊より頼りになるはずだ」

それには大佐も賛成だったが、もちろん、海軍さんの水兵は軍艦を離れて、街か海岸でのんびり休暇を楽しんでいるであろうことは明らかだった。

「空襲警報を出さにゃならん。まっすぐこちらへ向かうとして、どのくらいの余裕があるんだ？」

「一時間ないですね」

「ICBMで撃ち落とせないか？」

「大統領の許可が要《い》りますよ。それを貰うのに半日はかかる」

「とにかく、戦闘機部隊だけでも出してくれ」


　ペンタゴンのアッカーマン将軍は、外面上落ち着き払っていた。ルドガー将軍の喚《わめ》き声につき合いながら、横目でポークフライを睨《にら》みつけ、「なんとかしろ！」と呻《うめ》いた。

「とにかくだ、ルドガー将軍、早まったことは困るぞ。空襲警報なんてもってのほかだ。ハワイは観光で保《も》っているんだからな。空軍全体の利益も考えてくれよ」

「あのアナハイムは、二基もの原子力を積んでいるんじゃなかったのか⁉　この島には逃げ場なんかないんだぞ！」

「逃げる必要はない。冷静に、冷静にやりすごせばよい」

「やりすごせだって⁉　ホノルルへ向かって突っ込んで来ようってものを、どうやってやりすごせと言うんだ⁉」

「私が見るところ、あれは――」

　ポークフライが、「現われたぞ！」と叫んだ。まるで洞穴を見つけた子供みたいな嬉々とした表情だった。

「ちょっと待ってくれ」

アッカーマンは、モニターを繋いだまま、身体の向きを変えた。

画面の一〇インチのTFTカラー・モニターには、NOVAのオペレーティング画面があったが、ポークフライがポンとリターン・キーを押すと、合衆国空軍宛《あて》――で始まる短いメッセージが現われた。


私は、アナハイムをコントロールしているNOVAシステムを一時預かった。諸君らのいかなる努力も、無駄であり、また危険であることを通告する。合衆国の納税者は、この不況時に軍当局が、かかるムダ使いを行なっていることを歓迎しない。

――ミスター・フラクタル

「なんだこいつは⁉　ふざけおって」

「具体的な要求がない。愉快犯の類《たぐい》ですかね」

「戦闘機を撃墜したんだぞ。愉快犯ですむことか。コントロールを奪還しろ」

「一〇分ください。どうやったか、まず手口を調べないと」

「五分だ。五分で片付けろ！　ルドガー、ハイジャックだ。こいつはハイジャックされている」

　ルドガー将軍は、呆《あき》れて目を回した。

「将軍、ハイジャックは解っている。何も観光客向けのアトラクションに、こんなものを飛ばそうなんて輩《やから》はいない。要求は何です？」

「まだない。敵は愉快犯を装《よそお》っている」

「もし本当の愉快犯だったらどうするんです？　ハワイが全滅するのを楽しむ腹かもしれない」

　ポークフライがふと気づいたように「そうか……」と呟き、小さなＣＣＤカメラのアームの前にしゃしゃり出た。

「ルドガー将軍、僕はＮＯＶＡの最終調整をやったポークフライです。愉快犯なら、ハワイは絶対安全です。なぜなら、ＮＯＶＡを乗っ取るほどの能力を持った人間なら、ハワイを壊滅させるぐらいのことでは満足しないでしょう。単に、通過してみせるだけですよ。奴はもう次の獲物を狙っているはずです」

「あんたはコンピュータの専門家じゃないのか？　それとも犯罪心理学のマスターでも持っているのかね？」

「ええ、いちおうコンピュータ犯罪の論文で心理学のドクターを貰ってますが、ま、それはこの際、問題じゃない。あまり慌《あわ》てないことです」

「そいつはごたいそうなアドバイスをちょうだいしたな。だが、私としては、ＦＢＩに委ねることを提案する」

「ＦＢＩ？　なんだそりゃあ」

「だって、ハイジャックなんでしょう？　誘拐やハイジャックの重犯罪はＦＢＩの管轄じゃないですか」

「犯人は軍の人間に決まっておるじゃないか。ピストルの撃ち方しか知らん奴らに横やりを入れさせてたまるか。情けないことを言うな、ルドガー」

「ハワイが全滅したら、またペンタゴンは、現地の指揮官に責任を擦《なす》り付けるつもりなんでしょう？」

「いつの時代のことだ⁉」

ルドガーは、パールハーバー奇襲の失態を言っているのだった。

「こっちは勝手にやらせてもらいますからね」

ルドガー将軍は、あらゆる陸海空州軍基地に空襲警報を発し、可能なかぎりの航空機を離陸させ、ハワイ諸島から離れるよう命じた。パールハーバーの二の舞いは御免だった。

ポークフライは、新たに現われた警告メッセージに戸惑《とまど》っていた。原子炉に関するもので、それは彼の専門外だった。

彼が質問を発する前に、ファクトリーのウレンゴイ博士がモニターに割り込んで来た。

「原子炉が不安定に陥りつつある」

「なんで⁉」

さすがのアッカーマンもうんざりした表情で聞きなおした。

「いいかね、将軍。海を行く原子力艦や、海岸に設置された原子力発電所と違って、空では冷却水を補給することはできない。液体金属を使うような危険は冒《おか》せなかったので、われわれはもっと安全で、海水よりはるかに冷却効果の高い物質を冷却材として使った」

「講義はいいですよ、博士」

それは、アナハイムの原子炉のもっともユニークな点として、アッカーマンの自慢のひとつでもあった。アナハイムの二基の原子炉は、二次冷却水のパイプを、エアインテークから導入した空気のパイプの中に二重構造として設《もう》けることによって、冷却効果を高めていた。なにしろ、海水は零度以下に下がることはないが、高空の気温はつねにマイナス二〇度から四〇度で安定している。取扱いが難しい液体金属よりはるかに安全で、無尽蔵の冷却材だった。

「いいかね、高度が下がれば、当然外気温は上がる。しかもここはハワイだ。地表面近くでは、摂氏三〇度近くにもなる」

アッカーマンはようやく気づいた。なんてことだ……。炉内温度を制御できなくなる⁉

「どのくらい保つんですか？」

「それは外気温の状態による。いちがいには言えないが、NOVAには緯度と、その時の高度、温度からある程度シミュレーションするプログラムが入っている。そうだね？　ポークフライ君」

「ええ、無事に動いてくれればの話ですが」

「それに、もし危なくなれば、制御棒が降りる」

「制御棒が降りるって……、二基とも制御棒が降りたらどうなるんです⁉」

「本来は補給用に搭載している航空燃料を燃やして飛び続けることになる。半日は保つよ。もちろん、一度降りた制御棒は、人間の手でなければ復旧しない」

二分後、ポークフライのパソコン画面がハングアップした。

《WOHWOH! BINGO!》

そんな、ふざけた画面のままハングアップしてしまった。

「だめです。マスクをかけたうえでコマンドプロンプトを変更されていた」

「おい。世間の人間みんながコンピュータを扱えるわけじゃないんだ。解るように説明しろ」

「初歩的な技術です。命令《コマンド》を受け付ける記号を別のものに変えて、なお変更していないようにカモフラージュして、変更されていることに気づいていない者が操作を試みたら作業を停止する仕組みです」

「じゃあもうおしまいなのか？」

「とんでもない！　これからですとも」

ポークフライは、クールな彼にしては珍しく闘志を剝《む》き出しにして喋《しゃべ》った。

コンピュータ・ボーイって奴らはこれだから……、とアッカーマンは嘆《なげ》いた。

「いいですか。この犯人だって、われわれと同じように、画面にアクセスしないことにはいかなる作業もできないんです。だから、起動画面には誰でもアクセスできる」

「じゃあ、ＮＯＶＡと結んでいる衛星のネットワークを切断すりゃあいい」

「それじゃわれわれもアクセスできないじゃないですか。今となっては、送信コードを変換することもできない。ＮＯＶＡがこっちの命令を受け付けませんからね。だから、まずわれわれがやるべきことは、起動画面から内部に入ってゆけたら、真っ先に送信コードを変更することです。そうすれば、ミスター・フラクタルは、ＮＯＶＡにアクセスできなくなる」

「何でもいいから早く取りかかれ」

アッカーマンは、首のあたりがひんやりするのを感じた。アナハイムが目撃され、もしビデオにでも撮られたら面倒なことになる。議会は獲物を見つけ、軍は、まさにスケープゴートを必要とするだろう。当面は、ハワイにいるルドガーの首でも差し出しておけばいいだろうが……。

だが、ハワイで起こったことは、目撃などというなまやさしい事態ではなかった。

よりによってオアフ島へと接近するアナハイムの背後には、KC—135を先頭に、二〇機を超えるF—15『イーグル』戦闘機の群れが続いていた。

その中には、サワコ・アップルトン大尉の輸送編隊長を務めたサム・カッツ少佐もいた。

サワコは、カフェテリアからコーヒー・カップとフランクフルト・ソーセージを運び、危険作業デッキを隔《へだ》てる通路際《ぎわ》で昼ご飯を食べていた。カッツ少佐の声が、妙に懐かしかった。

「少佐、なんだか一年ぶりぐらいで話しているような感じですね」

「ああ、大尉。私もそんな感じがする。だが、ハワイで再会するという約束は果たせそうじゃないか？」

「ええ。これがヒッカムに降りてくれるのならそうですけど、下はどんな様子ですか？」

キャビンでは、高度低下を警告する例の女性の声のアナウンスが三〇秒おきに流されていた。

高度はすでに一〇〇〇〇フィートまで落ちていた。

「快晴だよ。今日なら、海水浴も悪くはない。大尉、ヒッカムとも協議したんだが、君が脱出する前に、何か落としてみたらどうだ？　服でも、ボンベでもいい。それがもしアナハイムの防御システムに引っ掛からなければ、君も無事だという保証になるんじゃないのか？」

「それは私も考えてみました。けれど、開いたパラシュートより大きな断面積を持つ荷物を落とすのは無理です。少佐、アナハイムの乗組員は、秘密が暴露される危険を冒して私を助けてくれました。通信程度でも、役に立てるのであれば、最後の最後まで、私は彼らとともにいたいんです」

「ああ、その気持ちは解るよ。ただ、私としては花束を抱えて君のご両親を訪ねるようなことはしたくないのでね。せっかく助かった命だ。せっぱ詰まったら、君が冷静な判断を下してくれることを望むよ」

「ええ、無茶はしません。もちろんです」

アナウンスが、また別なメッセージを始めた。

《五三分後、原子炉を緊急停止《スクラム》します。五二分以内に、高度を回復してください。な

お、さらに高度低下が続く場合は、さらに短時間でスクラム作業に入ります》

さらに高度が下がり続け、二分おきにアナウンスのデータが修正されていった。

アメリカ海軍太平洋艦隊《PACFLT》を預かるネビル・ロックウッド海軍提督・中将は、腹が出ていることを除けば、純白の制服が似合う男だった。その恰幅《かっぷく》のよさは、豪放磊落《ごうほうらいらく》な性格と合わせて部下の信頼を得るのに大いに役立っていた。

ロックウッド提督は、パールハーバーの司令部のベランダに出ると、双眼鏡を両手に持ち、突き抜けるような青い空を眩《まぶ》しく見上げた。

「嘘みたいだな、昨日の天気が……」

「はい、だいぶ偏西風が強かった様子ですから」

作戦参謀のジョーイ・キム大佐が、かたわらで、出港する駆逐艦のマストを見上げていた。

湾内に停泊していた二〇隻《せき》の作戦用艦艇の中で、出港までこぎ着けたのは、わずかに七隻のみで、誰もが半世紀前のパールハーバー奇襲の悪夢を思い起こしたものだった。

「コーラウ山脈を越えて、なお高度を下げつつある様子です」

無線機のイヤホンを突っ込んだ副官が報告する。あたりには、二〇台を超えるカメラが据え付けてあった。

「針路はどっちだ？　こっちなのか、ワイキキか？」

「ワイキキ・ビーチのようです」

民間機を排除するため、RC—135機が一機、先導役を務めていた。あたかもそれは、空軍機がアナハイムをエスコートしているようだった。

アナハイムは、高度三三〇〇フィートで、巨大な三角形の影を地上に残しながら、まずハワイ大学のキャンパス上空を通過し、ホノルルのワイキキ・ビーチへとゆっくり進入した。

パールハーバーからですら、ウイングレットに描かれたUSAFのロゴを双眼鏡で確認することができた。

ワイキキ・ビーチでは、ありとあらゆるカメラ、ビデオによってアナハイムが撮影された。一瞬、UFOの襲来かと青ざめた観光客らは、機体の下面に描かれたUSAFのかなり大きなロゴを見て、ようやく納得したが、それに続く戦闘機の大編隊にも度肝《どぎも》を抜かれて大騒ぎとなった。

目撃者は一〇万人の単位に及んだ。

「攻撃はしないようだな」

「はあ、抑制機構が組み込まれているんでしょう。それにしても……」

「あの飛行空母は、うちの原子力空母よりお値段が張るんだろうな。まったく空軍さんてのは秘密予算が多くて羨《うらや》ましいよ」

「さてと、東へ向きを変えたら空軍さんに預けることになりますが……」

「うん。西か南へ向かうようなら、ミッドウェーにいるカール・ヴィンソンの出番だ。まあ、その前に空軍がコントロールを回復してくれることを望むがね」

アッカーマンは、それよりも何よりも、原子炉のスクラムが気がかりだった。

ハワイを経由して、アップルトン大尉が拾うアナウンスが流れてくる。NOVAのシステム操作画面にタッチできない今となっては、もっとも正確なデータを与えてくれるのは、情けないことにアナハイムの艦内アナウンスだけだった。

高度が一〇〇〇〇フィートを割り込んでからのスクラム開始スピードは、加速度的で、アナウンスも三〇秒おきになった。

《あと二分でスクラムを開始します。一分以内に高度を回復してください》

《あと一分でスクラムを開始します。至急高度を回復してください。PNRをすぎました。繰り返します。PNRをすぎました……》

「なんです？　PNRって？」

ポークフライが聞いた。

「ポイント・オブ・ノーリターン。ここをすぎると、スクラム開始を止めることはできない」

《スクラムを開始します。ただ今、飛行可能時間を計算中、計算中……》

「搭載燃料であと何時間飛べるかってことだ」

《飛行可能時間はおよそ八時間です。六時間以内に、制御棒を抜くか、着陸してください》

　アッカーマンは、6という数字をメモ・パッドに書きなぐった。

　一度スクラムした原子炉を臨界まで持っていくには、どうしても一日はかかる。臨界前の不安定な原子炉と残りの燃料が折り合う時間が、ちょうど六時間後なのだ。それをすぎたら、たとえ制御棒を抜いても、原子炉の出力がアナハイムを空中に浮かべておくだけの出力に達する前に、航空燃料が尽きてアナハイムは墜落してしまうだろう。

「ウレンゴイ博士！　何か有効な手はないのですか？」

「アナハイムを追尾している空中給油機をいったん地上に降ろして、燃料を満載して離陸させたまえ。コントロールを奪還して接近できるようになったところで、航空燃料を補給してやれば、あとは普通の戦闘機と同じだ。永遠に飛行できる。だから、六時間という数字は忘れていい。八時間以内にコントロールを回復し、その時、付近に給油機さえいればいいんだからな」

アナハイムは、ワイキキ・ビーチを一〇キロすぎたところで、ふたたび西へと針路を変えた。

三〇分後、アメリカ全土に、アナハイムの映像が流れた。

アッカーマンは、まず国防長官から電話で詰問《きつもん》を受け、次にホワイトハウスから、事態の収拾《しゅうしゅう》に関してやんわりと質問を受けた。

アリス・マクリーン議員が、議会で記者会見を行なうころには、アナハイムのカタログ・データが、リンダによって、マスコミに流された後だった。

国防総省の記者会見は誰もが拒否し、結局アッカーマンが貧乏くじを引かされた。

だが、アナハイムの写真を用意してくれという広報スタッフの要請は拒否した。アッカーマンは五分で会見を切り上げるつもりだった。

ハワイでの映像が流され、ミスター・フラクタルの脅迫状が公《おおやけ》にされてから三〇分しか経ていないのに、獲物を見つけたハイエナどもがプレス・ルームに集《つど》っていた。

「まず、皆さん、ご承知のとおりの状況で、何も資料を提示することができないことをお詫《わ》びします」

「アナハイムのハイジャックは間違いないのですか？」

「そう考えざるを得ない状況にあります。現在、数十名が艦内に閉じ込められています」

「では、犯人のミスター・フラクタルはそのアナハイムに忍び込んだのですね?」

「いえ、犯人は、外部からアナハイムにアクセスし、乗組員を閉じ込めました。具体的な方法はまだ解っておりませんし、アナハイムのクルーとの連絡もとれていません。したがって無事かどうかも解りません」

「原子炉を積んだ航空機が、リゾート地の上空を飛んだという事実をどう考えるか?」

「まず、原子炉は安全です。リゾート地の上空を飛ぶなんていうことは、われわれは想定していない」

「犯人の目星と、救出のめどは付いているのか?」

「両方について鋭意最大の努力を払っています」

「ミスター・フラクタルがプレス・リリースしたデータは正しいのか?」

プレス・リリースという表現に、場内から失笑が漏れた。

「それに関しては軍の機密事項なのでコメントできない」

「フラクタルからの具体的な要求は?」

「今はありません」

「税金のムダ使いであるというフラクタルの皮肉にどう答えるのか?」

「われわれは、誰より税金の使い道について神経を使っている。テロリストから指弾される覚えはない。ではこれで――」

壇上を降りようとしたアッカーマンに、最後の質問が飛んだ。

「もうひとつ！　マクリーン議員の、空軍はわが国の官庁で、もっとも浪費癖のひどい組織だという言葉に反論はありますか？」

アッカーマンは、マクリーンの存在そのものが気に喰わないといった表情で、その記者を睨みつけた。

「彼女らは、われわれの日常業務の一〇パーセントも理解しているわけではない。今さら反論などない。事実を述べるのみだ」

その夜のプライム・ニュースは、艦名のアナハイムに引っ掛けて――カリフォルニアのディズニーランドはアナハイムにある――、空軍のディズニーランドが乗っ取られたと皮肉った。

ブルドッグのクルーたちは、かんかん照りの硫黄島で、その日二回目の訓練に出撃しようとランウェイに乗った後で呼び戻された。

プレハブのブリーフィング・ルームに顔を出すと、佐竹二佐がビデオ・テープに見入っていた。ついさっき衛星放送で受信したばかりの映像だったが、何も聞かされずに入って来たクルーたちは、指揮官が暢気《のんき》にＳＦ映画でも見ているんじゃないかと錯覚した。

ビキニの観光客が戯《たわむ》れる椰子《やし》の木陰の上空を悠然と通りすぎるアナハイムには、そんな雰囲気があった。

佐竹は、一〇分前東京から届いたばかりのファックス用紙をぶっきらぼうに突き出した。

「鳴海《なるみ》さんからだ。あらゆる武器を搭載し、待機せよ。必要な装備品を至急届けるそうだ」

クルーたちは目をぱちくりしながら、その画像に見入った。

「原子力を積んでいるといったって、まさか蒸気発生機で飛んでいるわけじゃないんだろう？……」

「艦内電力は当然そうでしょうね」

機関士の沼田が興味津々《しんしん》といった顔で答えた。

「航空機機関への原子力エンジン搭載の試みは、もう三〇年以上前から続けられています。ソヴィエトでもアメリカでも、実機が飛びましたよ。ただいずれも、コスト・パフォーマンスが引き合わず、なお危険だっていうことで計画は潰《つぶ》れましたけどね」

「米軍さんはどうなんですか？」

「鳴海さんからの電話だと、三沢《みさわ》の連中はスタンバイしているらしい。まだこっちへ来ると決まったわけじゃないが、ここの米軍さんもあたふたしているよ」

　硫黄島には米軍さんも同居しているのだ。

「乗組員は乗っているし、こんな重武装どうやって撃墜すんですか？　第一、レーザー兵器なんて嘘っぽいもんまで……」

「レーザーは現実的な兵器ですよ、このアナハイムとやらが滞空する高高度では、エネルギー兵器の最大の敵である大気が希薄だから、エネルギーの減衰《げんすい》をまあ、許容できるレベルまで抑え込むことができる。といっても、射程はせいぜい四、五〇〇〇メートルでしょうけどね」

「とにかく、今日の訓練は中止だ。全員総出で整備にかかってくれ」

「もしこっちに向かっているとしても、やりすごせばいいんでしょう？」

「まあな。だが、ハイジャッカーは何を考えているか解らない。いちおう作戦は立てておこう」

　相手が海軍の空母であっても、ブルドッグでの攻撃は自殺行為に等しい。

　この飛行空母の存在も馬鹿馬鹿しいと思ったが、それをブルドッグで撃墜するというのは、もっと馬鹿げていると皆が思った。

　リンダ・コースペックは、冷蔵庫が空《から》なのに気づき、夕食代わりにハンバーグ、ドーナッツとバドワイザーの五〇〇ミリリットル缶を買いに出た。

リンダは、体重が一〇〇キロ近くもあったので、ダイエットにコカインと大麻を常用していた。大麻を吸いながら、夕方のテレビ・ニュースを観《み》る。キャスターが連呼するミスター・フラクタルが、ミス・リンダ・コースペックでないのがいかにも残念だった。その名前がニュースになったら、父も少しは罪悪感を抱いてくれるだろう。私のことをただのデブのわがまま娘としか見なかったあの小憎《にく》らしいジャップも少しは考えを変えるに違いない。

私に、これだけの技術を教えてくれたポークフライ先生の名声も上がろうというものだ。

記者会見するアリス・マクリーン議員の凛々《りり》しい姿には、けっこう感動した。この議員は、巷《ちまた》に溢《あふ》れるただの税金泥棒と違って、自分が何をすべきか、きちんと承知している人間だ。

彼女には、道しるべを与えてやらねばなるまいと思った。

リンダは、パソコンを起動して議会情報ネットにアクセスし、アリス・マクリーン議員のオフィスのファックス番号をメモした。短い手紙を認《したた》め、発信元を秘匿《ひとく》するための迂回《うかい》ネットワークを構築してから、議員宛にファックスを送信した。ミスター・フラクタルであることを証明するために、アナハイムの乗組員人数を、正確に五〇名であると書き加えて。

アメリカ空軍参謀情報部に所属するジョニー・オッペンハイマー中佐は、変わった経歴の持ち主だった。ベトナム戦争末期、B—52に副操縦士として乗り組んでいたころ、北ベトナムのSAMに撃墜され、一週間ジャングルをさまようはめになった経験を機に、自ら救助部隊に志願し、その後、民間機のハイジャックに対する奪還と救出を研究するチーム、レッド・ドッグに加わった。

平素はネバダの広大な訓練エリアで、パイロットたちに、砂漠地帯でのサバイバル技術を指導している。いったん国内外でハイジャック事件が起これば、空軍のスペシャリストとしてFBIにアドバイスする立場にあった。

オッペンハイマー中佐は、可能なかぎり装備を絞り込み、パルス・ジェット試験機のオーロラへ乗り込むデッキに立った。キャビンはそれほど広くないので、レッド・ドッグの一〇名を連れて行くのが限界だった。

デッキ離床作業が進行する今になって、初めて中佐は、ワシントンと話をするだけの余裕を得た。もっとも、途中で細々と報告して、横やりを入れられるのを防ぐために、黙ってもいたのだが。

突然、画面に現われた宇宙服姿のオッペンハイマーに、アッカーマン将軍はびっくりした。

「そこはどこだ⁉　中佐」

「オーロラへのアプローチ・デッキです。あと一〇分で離陸できます」

中佐は、離陸が意思ではなく、そちらの命令事項であることを暗に伝えた。

「どうやるつもりだ？」

「ミッドウェー島の付近に、だいぶ厚い積乱雲地帯があります。もしアナハイムがここに突っ込めば、アクティブ・レーダーを使用しないかぎり、障害物を見つけるのは困難になる。そこを狙って降下します。たぶん、先発したF―22戦闘機が間に合うはずで、位置を誘導してもらいます。アナハイムのレーザーは、アナハイムの半径五〇メートル以内では作動しない。着艦してしまえば、あとはどうにでもなる」

「もし雲がなかったら？」

「西太平洋の晴天率は五割程度です。アナハイムはどこかで雲の中に入らざるを得ない。うまくいきますよ、将軍。私は楽観主義で今日まで生き延びてきたんですから」

現実には、そう簡単な作業ではなかった。アナハイムだって、いろんなセンサーでオーロラを探し出すことができる。しかもそれは、レーザーやバルカン・ファランクスのセフティ・ロックが始動するはるか手前のはずだ。アナハイムが高度を回復しつつある今となっては、高空の超低温下で、オーロラの機外に出て、台風以上の強風と闘いながら作業しなければならないのだ。

オッペンハイマーは、そこいらの困難さを充分に承知していた。

「すまんが中佐、行ってくれ。五〇名が乗っている。誰かがアナハイムのデッキに取り付かないことには、給油機を近づけることもできん」

「幸運を祈っていてください。私とともに行く一〇名の兵士たちのね」

アッカーマンは、モニターの真上にセットされたCCDカメラに向かって形式ばった最敬礼を行なった。

それから一五分後、戦略任務機オーロラは、ドラムを叩くようなパルス・ジェットのエンジン音を残し、西の空へと離陸して行った。

巡航速度マッハ五超。ほんの二時間で、ミッドウェーまで前進する予定だった。


アナハイムの艦長チェンバレン大佐は、赤く腫《は》れ上がった右手の五指をいたわりながら、指輪を、本来あるべき場所に嵌《は》めようと試みたが、無駄だった。リングは捩《よじ》れていた。当然、ダイヤモンド部分だけは無傷だったが。

結婚記念日と妻のイニシャルが彫り込まれた指輪が、救いの神となってくれることを切《せつ》に祈った。

すでに、長さ三センチばかりの切れ込みが壁に出来ていた。ドライ・クリーニングの針金ハンガーが部屋に置いてあったのは幸いだった。そいつを分解して、釣針《つりばり》状のフックを作った。

だが、それだけでは不充分で、まずカッターナイフのガード部分を切れ込みに差し入れ、針金を入れるだけの隙間を確保しなければならなかった。それからさらに、針金を入れて緑色と赤色のコードを確保するまで、一〇分もかかった。コードの弛《たる》みはほとんどなく、めいっぱい引っ張っても、一〇センチと壁から出なかった。

まずセキュリティ・システムに直結している赤色のコードを切断する。あとは、緑色のコードが、ドアの電子ロックに電力を供給しているだけだ。

テレビ・モニターの電源ケーブルの皮膜を破り、切断した緑色のケーブルの電線部分に接触させた。小さな火花が散る。すると三回目で、ようやくドアが開いた。

チェンバレン艦長は、皆に脱出一号となったことを報告すると、第一に後部危険作業デッキへと駆けつけた。

再会を果たしたアップルトン大尉は、今にも涙をこぼしそうな表情で、艦長に抱きついた。

「申しわけない大尉！　遅れてすまなかった。山ほどお詫びと慰《なぐさ》めの言葉をかけてやりたいところだが、そうもいかん。さてと、まず何から始めようかな」

「まずは……、そうですね。コーヒー一杯でもどうですか？　頭をクリアにしないことには、いいアイディアも浮かびませんよ」

「ああ、コーヒーか！　私の部屋にもコーヒー・メーカーはあるんだがね、水が切れてしまって。うん、そいつはいいアイディアだ」

カフェテリアはそんなに広くはないが、たった二人では淋しいかぎりだった。

「私ひとりで、どんなに孤独だったか。ソーセージ食べます？　オーブンで焼けますよ」

「ああ。食べたいね。でもかまわんでくれ。自分でやるから」

チェンバレンは、自ら冷蔵庫からフランクフルト・ソーセージを取り出すと、オーブン・レンジのスイッチを押した。

「手はありますか？」

「いや、残念だが、ファクトリーの連中ですら、思い及ばないんでは……」

「私、考えたんですけど、あのデッキは後ろのシャッターを除くと結局三面の壁に面していますよね。それで左右の壁の向こうは整備エリアでしょう？　イーグルのバルカン砲弾で壁を破れませんか。私、最初はそうやってシャッターを破ろうと考えたんですけど」

「調整破片弾がデッキで跳ね回ることになる。君も無事じゃすまない」

「射撃直後は信管は作動しません。だから、弾丸はそのまま壁を破るはずです」

「ふん……。だが、その後はどうする。信管が付いたままの機関砲弾が床を転げ回るぞ。脱出する時の最後の手段としては考えてもいいがね」

「高度が上がりつつあるのに、どうして制御棒は上がらないんですか？」

「人間はそこまでシステムを信用していないからさ。いったんおかしくなって制御棒が降りたのに、人間によるチェックなしに、それを上げるなんていう危険は冒せない。そういうシステムになっている。結局のところ、NOVAの失敗はそこにあったと言える。コンピュータを信頼していれば、リアルタイムでの情報をアップリンクして、ふざけたハッカーに潜《もぐ》り込まれるなんていう危険な目に遭わずにすんだ。中途半端なオートメーション化が命取りになった。ミッドウェー付近まで到着したら、君は脱出すればいい。私ひとりいればすむだろう」

「もうそういう問題じゃありません。今では、私もクルーの一人です。最後までおつき合いさせてもらいます」

　二人がコーヒーを飲んでいる間に、アナハイムは高度四〇〇〇〇フィートの巡航高度に復帰した。残りの飛行可能時間を告げるアナウンスが一〇分おきに続いていた。

4章　レッド・ドッグ

高度三〇〇〇〇メートルの巡航高度に達すると、オーロラは、マッハ五の巡航スピードで、安定した飛行に入った。大気がきわめて薄いせいで、振動はほとんどない。このスピードで高度一〇〇〇〇〇メートルを飛行したら、機体は空中分解の危険に晒《さら》されるだろう。もう一〇〇〇〇〇メートルも上昇すれば、逆に空気はほとんどなくなり、完全なロケット・エンジンが必要になる。

シートから伝わるかすかな震動は、液体水素が大気中の酸素と反応して発生するパルス・エンジンの爆音ではなく、炭素繊維とセラミックスからなる断熱構造材の中を猛烈なスピードで流れる液体水素の噴射音である。

この高度を高速で飛ぶことによる最大の敵は、オーロラに推進力を与えてくれる空気との摩擦熱である。一般的に空気抵抗はスピードの二乗で増加し、空力加熱は、それ以上で増大する。しかし皮肉なことに、主燃料剤である液体水素は、マイナス二三五度にも達する。それを、翼内に張り巡《めぐ》らせたパイプで循環させ、ジェット噴射させることによって機体表面を冷やすのだ。液体水素は回収され、次には推進剤として、闘《たたか》った相手である酸素と反応してエネルギーを生み出す。超高空で行なわれる、ある種のミラクルだった。

オッペンハイマー中佐がリーダーを務めるチームは、国防総省内で、〝レッド・ドッグ〟と呼ばれていた。フットボール用語で、クォーターバックを潰《つぶ》す作戦名から取られた。

彼らは、空軍におけるレッド・ドッグで、ハイジャックはもとより、戦争で真っ先に、最大の危険を冒すことになる空軍パイロットの奪還救出任務にも出撃することになっていた。

中佐は、いつものベレッタM92Fに代えて、SIGザウエルを各自に持たせた。敵がいないと解《わか》っていても、銃はいろんな場面で役に立つ。それがアメリカ人の信仰だ。ただし、装弾数の多いベレッタはかさばるので、SIGにした。

サブ・マシンガンを持って行く必要がないというだけでも楽だった。その分の重量を他の装備に当てられる。

摩擦熱のもっとも低くなる機体後部に取り付けられたテレビ・カメラが、地上の風景を拾っていた。一面の海と雲。さすがにこの高度になると、海面を行く船の航跡も見えない。水平線は、常時、紫色にくすんでいる。それがこの高度の特徴的な景色だ。

中佐は、プリンタ機能が付いたシンクパッド550パソコンに、アナハイムの設計図を呼び出した。

中佐は、アナハイムが試験飛行を終えて、一年間の予定で長旅に離陸するシーンを見物することを許された数少ないひとりだった。

アナハイムを載《の》せた引き船は六〇個ものタイヤで支えられ、さらにそのタイヤが、一〇キロの滑走路に引かれた超伝導のレールの上を走るという大がかりな仕組みで、その巨体を空中に浮かべたのだった。

中佐は、もちろん専門家としてある種の危惧《きぐ》は抱いていた。まず、心理学的な側面から、フネの面積に占《し》める乗組員の数が少なすぎた。長期間の航海に及ぶことを考えると、これは要注意事項だった。乗組員の間に発生するノイローゼや精神的不安は、些細《ささい》なミスを引き起こす原因になる。それと連携して、NOVAシステムの採用も不安材料のひとつだった。事実上、人間の判断を必要とせず飛べる機体は、人間の、自分が身に付けた知識や経験に対する自信喪失の種となる。

なにより、中佐が気に喰わなかったのは、九九パーセントの構造材料に炭素繊維が採用されたことだった。

対テロ訓練でも、炭素繊維の誕生はやっかいな問題としてクローズアップされつつあった。

なにしろ、斧《アックス》で叩けば破れるはずのドアがびくともしないのだから。

アッカーマン将軍に「私が訪問する時には、どこを破ればいいんです?」と冗談混じりに尋ねた時は、「そういうケースはあり得ないよ」と答えられたものだったが。

たしかに、民間機でないかぎり、部外者によってハイジャックされる可能性はほとんどない。乗組員によるハイジャックにしたところで、NOVAの助けを借りないことには、アナハイムは一時間とて飛べないフネだった。

そのNOVAがハッキングされることなど、誰も想定しなかった。

救出作戦は、着艦の瞬間がすべてだった。正確に言えば、オーロラは着艦はしない。一〇メートルほどの高度差を保ち、滑走路から少し離れた、外壁がいちばん薄い部分の上空ちょっと前方に留《とど》まる。ロープを伝わって甲板に降りた兵士が、作業用ハッチにプラスティック爆薬をセットして開口部を作る予定だった。もし、ハッチの鍵がロックされていなければ、それがベストだが、現状では望み薄だった。

オーロラが、無事にアナハイムと接触できさえすれば、問題は、高度一〇〇〇〇メートルの極寒希薄な大気の中で、なおかつ毎秒風速三〇〇メートル近い風と闘いながら作業するだけのことだ。訓練ですらやったことはないが、初体験というだけのことだ。中佐はそう自分に言い聞かせた。

アメリカ空軍には、昔から飛行中の旅客機のコクピットに人員を送り込むというレスキュー・パターンがあり、そのための装備は日々更新を続けられていた。

中佐は、アナハイム左舷の作業用ハッチがある場所を画面に呼び出した。

「これが開いてくれることを望みたいな……」

「エンジン・カッターはやはり必要でしょうね」

隣りに座るアーノルド・フリックス中尉が尋ねた。中尉がパラシュートを背負い、羽根が付いた特別な防風防寒耐熱スーツに身を固めて一番乗りを果たす予定だった。

「あの高度で瞬間接着剤を使う実験はすんでいますが、強風下での経験はない。うまくいくかどうか解りません」

「そうだな。重量増になるが、持って行ったほうがいいだろう。もっとも、それで切断できるのは、長さにしてせいぜい一メートルぐらいだ」

エンジン・カッターによる突破は不可能というのが、中佐が下した結論だった。まず、それには時間がかかり、多くのカッターを必要とする。それで破れるのは、三層構造になっている外壁の外側と中層だけであり、内側までは届かない。しかも、艦内で作業する分のカッターを残しておかねばならない。とりわけ時間のロスは致命的だった。最短でも、三〇分はかかるのに、そんな長時間、オーロラを接触するかしないかの状態で、アナハイムと伴走させるのは無理だし、兵士の酸素ボンベは二〇分しか保《も》たない。

「もう少し時間が欲しかったな。せめて風洞実験をやるだけの時間が」

「高度一〇〇〇〇メートルで、最新の炭素繊維素材と格闘するなんて、普通は考えつかないですよ」

「そうだな、一〇分が限度だ。それで失敗したら、すぐB案に移る」

　A案は直接救助作戦で、B案はある種の消耗戦だった。

　もし開口部を作ることに失敗したら、両翼甲板にある二基のレーザー兵器を潰す。あとは、戦闘機部隊がただひたすらミサイルを撃ち、アナハイムのアムラーム・ミサイルが枯渇《こかつ》し、バルカン・ファランクスの弾が尽《つ》きるのを待つ。そうすれば、少なくともアナハイムの上部へは問題なく接近できるはずで、あとは通常の輸送機でコマンドを送り込んで作業できるはずだという目算だった。

　そのレーザーを潰すために、ミニミ重機関銃を二丁持参していた。

　それでも駄目なら、C案としてもっともオーソドックスな方法が考えられていた。アナハイムの前方へ回り、コクピットのプレキシガラスを破壊して艦内へ侵入するのである。

　じつのところ、代替案へ降りていくにしたがい、より現実的なオプションとなっていた。

　しかし、C案の場合、コクピットは事実上使えなくなる。B案の場合、アナハイムの全武装を解除するまで、相当な時間を要するという別な問題が生じるのだった。

「よし、あと一時間だ。全員装備品をチェックしろ」

　オッペンハイマー中佐は、アナハイムの図面を脳裏に刻《きざ》むと、パソコンを閉じた。降下してキャビンを開放すれば、おおよその電気製品は、低温で動作不良に陥《おちい》る。頼りになるのは、厳選された山岳装備品と、身に付けた経験だけだった。

　アリス・マクリーン議員は、軍事情報委員会のスタッフと協議した後、オフィスから呼び出されて自室へと引き揚《あ》げた。

　ケニアから議会政治の勉強で訪れている見習い秘書のヨシュト・ムロンガ青年が、ファックス用紙を持って待ちかまえていた。

　ミスター・フラクタルからのメッセージだった。彼女のファックスには、毎日最低一〇通はヨタな偽《にせ》情報やいたずらファックスが届けられるが、どうもこれは違うようだった。

「いつごろ届いたの？」

「たぶん三〇分前だと思います」

　発信人電話番号は、パソコン通信ネットのひとつ、コンピュサーブになっていた。彼女も、そこのメンバーなので、ファックス用紙に記入されていたＩＤ番号が、本来保守作業用に使われる、未公開ＩＤの類《たぐい》であることにすぐ気がついた。

「ＦＢＩに連絡してちょうだい。アッカーマン将軍は私が捕まえるわ」

「チャンスですね」

　ムロンガ青年がにやりと笑った。

「チャンス？……」

　アリスは一瞬考えた。そう、チャンスだ……。うまく立ち回れば、途方《とほう》もないチャンスになる。

「待って。FBIはいいわ。アッカーマン将軍にだけ知らせましょう」

　まずは将軍と取引することだ。そして、フラクタルと接触せねばならない。

　アリスは、アッカーマン将軍と電話が繋がるまでの時間に、コンパックのパソコンを起動してコンピュサーブに入り、ファックスに記《しる》されたIDにメッセージを送った。

「接触の用意あり。連絡を待つ」と。

「ヨシュト、下院事務局へ行って、携帯電話を一本借りて来て。パソコン通信用のコネクタがある奴をね」

　ヨシュトが出て行くのと入れ違いに、アッカーマン将軍の副官エイボーン大尉が電話に出て「多忙である」と言うので、怒鳴りつけてやった。

　一分後に出たアッカーマン将軍の声は落ち着いていた。

「申しわけないが、マクリーン議員。ちょっと多忙でね、せめて明日以降にしてもらえないか？」

「将軍、ミスター・フラクタルからファックスを貰いました。つい三〇分前に」

「ほう、君もジャーナリストの仲間入りを果たしたというわけだ」

「そうじゃありません。プレス・リリースとはまったく違う内容です。将軍、貴方《あなた》はフラクタルと接触がありますか？　もしそうでなければ、私が得たパイプは、貴方にとっても貴重なはずです」

「君にとっても貴重なんだろうな」

「将軍！　数十名のクルーが危険と闘っている時に、互いの利害を争っている場合ではありません。私は、いかなる活動にも、この問題をリンクさせるつもりはありませんん！」

　やがて誰かが記すことになるだろう、アナハイムのハイジャックに関するノンフィクション本には、間違いなく今の台詞《せりふ》を入れてもらわねばならない。

「その言葉を信じる気にはなれないんだが……」

「なら、私はすべてをＦＢＩに委《ゆだ》ねます。貴方が、他の政府機関の介入を歓迎するのであれば、それもいいでしょう」

「ほら、すぐそうやって交渉に出る。まず、そのファックスを送りたまえ。話はそれからだ」

ペンタゴンのサブ・ルームに届けられたファックスを一瞥《いちべつ》して、ポークフライは、重要な点を見つけ出した。

「クルーの数を五〇名と書いている。フラクタルは知らないんだ！　イーグルのパイロットが乗り込んだことを」

「それがどうかしたのか？」

「重要なことです。NOVAは、すべてを把握しているわけじゃないことが解った。将軍、アリスがどんなに阿漕《あこぎ》な性格でも、貴方は彼女と取引するだけの価値がある。情報を引き出させることができるじゃないですか」

「フラクタルは、自分の姓名や住所を名乗ってくれるわけじゃないだろう」

「いや、どんな些細《ささい》な情報も、いずれは犯人のキャラクターに結びつく。FBIになんかくれてやる必要はない。ここに、私というコンピュータ犯罪の専門家がいるんですから」

「コンピュサーブから遡《さかのぼ》ることはできないのか？」

「無理です。ゲートウェイ・サービスで、二つ以上のネットを介してアクセスすれば、フラクタルがコンピュサーブにアクセスした時点では、もう彼はゲートウェイ元のネットにはいない可能性が高い。コンピュサーブにどこからアクセスしたかということは解っても、そこまでどうやって入ったかは解りようがありません。アリスに、また記者会見を開かせなさい。空軍は阿漕なことをやっていると、彼女に叩かせるんです。フラクタルは自分が与えた情報が有意義に活用されていると錯覚して、より多くの情報を彼女に与えるようになるでしょう」

「君が話してくれんか？　私はああいう手合いは好《す》かんのだ。だいたい、後で利用されるに決まっているじゃないか？」

「アナハイムとその乗員の救出と、貴方の個人的嗜好《しこう》とは、次元が違うんです。悪魔とだって手を結べばいい」

「なんで、あんな女とつき合っているんだ？……」

「彼女が若いからですよ。若いから、コンピュータ・ネットワークがもたらす未来像を正しく理解できる。だから私は、教育してやっているんです。阿漕さは政治家の取《とり》柄《え》ですよ」

　アッカーマンは、しぶしぶとマクリーン議員と協力関係を結んだ。ワシントンは、夕闇に閉ざされようとしていた。ハワイはお昼。東京は、朝の出勤風景の真っ只中にあった。

　ロッキード、ゼネラルダイナミックス、ボーイングの共同プロジェクトになるF—22Aラプター戦闘機の実戦配備は九六年に予定されていた。その理由は、技術的なものではなく、単に予算上の措置《そち》でしかない。

ロズウェル空軍基地に置かれた試験飛行部隊は、六機からなり、運用試験を繰り返していた。

マッハ一・五の超音速巡航飛行が可能な戦闘機は、現状ではこのF―22と、次期主力戦闘機の座を争ったノースロップ・チームのF―23のみだった。

四機編隊、バッファローを指揮するチャック・バードン中佐は、ミッドウェー島を通過した直後、ニールセン少佐のKC―135から、空中給油を受けた。

追跡をF―22に引き継ぐと、KC―135は、燃料を補給するためにただちにミッドウェー島へ着陸した。

バードン中佐は、もし攻撃を受けた時、全滅を避けるために、フルード・フォー編隊を組んで、密雲の中に入っていた。

雲に突入する前、ちらと上空を仰《あお》ぎ観《み》た。もう二〇分もすれば、そこへオーロラが降下して来るはずだった。

すでに、アナハイムをレーダーに捕捉していた。積乱雲の中に入って行くのは、いい気分じゃない。気流は滅茶苦茶。そこいらじゅうを雷が走る。F―22の避雷対策は、イーグルよりはるかに進んでいたが、当たりどころが悪ければ、翼がひっぺがされる危険は避けようがなかった。賢明なパイロットは、空中戦でもやっているさなかでなければ、滅多なことでは雲の中には入らないものだ。

「バッファロー・リーダーより各機へ、これよりイン・クラウドだ。編隊の幅を広げ、姿勢チェックを怠《おこた》るな」

雲中飛行や夜間飛行では、知らない間に天地がひっくり返ることがたまにあるのだ。バードン中佐は、バイザーを上げ、雲中飛行に備えた。

オーロラのキャビンでは、全員がフル・フェイス・ヘルメットを着用し、最後の装備チェックを終えていた。

オッペンハイマー中佐はコクピットへ移動し、機長席の背後にあるコンソール・デスクに座って、F―22部隊を呼び出した。

「こちらは、レッド・ドッグ・リーダー。バッファロー・リーダー応答せよ」

「こちらはバッファロー・リーダー。クリアに聴《き》こえる」

「われわれは現在高度一八〇〇〇メートルで、さらに降下中だ。君たちの後方二〇〇キロあたりにいるものと思う。雲の状態を教えてくれ」

「正直なところ、いささか厚すぎるような気がする。そちらの赤外線監視装置が、アナハイムのものより優《すぐ》れていることを望むね」

「残念ながら、アナハイムもオーロラも、搭載しているセンサーは同種類のものだ。

しかし、こちらは後ろから近付けるうえ、太陽を背負う形になる。相手より先に発見できるだろう」

「そうなることを祈る。そちらは電子戦《ECM》システム等の装備があるのか？」

「Ｆ─22と同等クラスのものはあるが、あまり期待はしていない。われわれが攻撃を受けても、救援の必要はない」

「解った。見物に徹する。幸運を祈る」

「ありがとう。誘導をよろしく」

通信を終わると、オーロラはキャビンの減圧を始めた。コクピットも同様に減圧されるが、外部とまったく同じ空気をそのまま導くわけではない。それだと、大気中の水分まで取り込み、機内で凍結事故を起こす原因になるので、いったんコンプレッサーを経由しての大気圧同調措置だった。

オッペンハイマー中佐は、一〇名の各部下のヘッドセットを一人ずつチェックした。

「よし、レッド・ドッグの勇士諸君。五〇名からのパイオニアたちが、われわれの助けを求めている。失敗は許されない。全員、細心の注意を払って行動せよ」

Ｆ─22が、ＵＨＦ帯を利用した通信でレーダー情報を送り始めた。ガイド・ビームほど正確ではないが、オーロラはその位置情報を頼りに、雲中へ突っ込んで行ける。ものの五分で、Ｆ─22の編隊を追い越した。

ただちに減速し、六基あるエンジンの内側二基で、速度をアナハイムと同調させ始めた。

積乱雲の中は真っ白で、光こそあったが、色や景色と呼べるようなものは皆無《かいむ》だ。距離感を摑むのが至難の業《わざ》となる。

赤外線監視装置は、オーロラの真下に、かなり巨大な物体が存在することを教えていた。高度差にして二〇〇〇メートルほど、すでにバルカン・ファランクスや、レーザー兵器の射程内に入っている。

中佐には、真上から接近することの利点がもうひとつあった。つまり、バルカン・ファランクスにせよ、レーザー兵器にせよ、それらのプラットフォームが取れる最大仰角《ぎょうかく》には限界があった。いずれも、九〇度の仰角は取れないのだ。そもそも、敵が真上から接近する事態など想定されていなかった。その前に発見撃墜できるというのが、バルカン・ファランクスを各種戦闘艦に装備している海軍の見解だった。

冷たい空気のせいで、フェイス・マスクがうっすらと曇ってくる。キャビン気圧が外部と同調し、グリーンのランプが点《とも》った。

中佐はヒーターのスイッチを入れ、「キャビン脱出用ハッチ開け」と命じた。

オーロラには、三カ所のアクセス・ドアがある。乗員が出入りするための左翼のドア。貨物搭載用の背面のクラムシェル・ドア。もうひとつは、エンジンに挟まれた、下腹部の脱出用ハッチだった。

右上のモニターに、その脱出用ハッチの模様を映し出した。カメラが、キャビンの天井にセッティングされていた。

「脚《ギア》を降ろしてくれ」

アナハイムと接触した時のために、オーロラのギアを降ろす。

「あと、五〇〇メートルぐらいだ」

フリックス中尉が、脱出ハッチに腰を掛け、三点式のフライング・スーツの各ジョイント部分を引っ張ってチェックしていた。

「視界は二〇メートルも利《き》かない！」

機長のマーク・ロイエンタール中佐が叫んだ。

「あんたは最高のパイロットだ」

オッペンハイマーは、努めてクールに言ってのけた。あたかも、このミッションをやり遂《と》げずして、オーロラのパイロットで居続ける資格はないと言わんばかりだった。

オーロラは、さらに降下し続けた。

「機長、左舷へ寄ってくれ」

「こちら、フリックス、甲板が見えた！」

「よし、ロープを繰り出せ！」

フリックスは、親指を立ててガッツポーズを作ると、両手を、まるでペンギンみたいに不格好に広げて身体を硬直させた。手首のあたりに、小さなフィンが付いている。

空中でのロープによる吊り下げ《スリング》でもっとも困難なことは、空中でくるくるロープが捩《よじ》れる点にある。ロープの先端にいる人間は、無限回転に陥《おちい》り、たいていは失神してしまう。

それを防止するために、手首に姿勢制御用の小さなフィンを装着しているのだった。ただし、操作はまったくの勘と人力が頼りなので、そうそう愉快な方法ではなかった。

ついに、機外モニターがアナハイムのデッキを捕捉した。二〇メートルかそこいら下だった。

フリックス中尉が降りて行く。

「フリックス、左右の位置がよく解らない。そちらでも探してくれ。作業用のガイド・ローラーが走るレールの窪《くぼ》みがあるはずだ。イエローのペンキが塗ってある」

だが、もちろんそんなものはない。半年の航海で、とうにペンキ類は剝《は》げ落ちていた。

フリックスは、自分の身体を水平に保つことで精いっぱいだった。

「見つけた！　着陸用誘導灯です。隊長、まだ五〇メートル以上も左です」

「左だ！　もっと左へ寄れ！」

「気流が不安定だ。急がせろ！」

機体がガタガタ揺れ始めた。

フリックスは、両手のフィンでエレベータを作り、いっきに降下を試みた。まるで、鷲《わし》が空中遊泳しているかのように、スーと斜め下降して行く。

「捕まえた！　ロープを緩《ゆる》めてくれ」

フリックスは、何かのハンドルに摑まっていた。

「フリックス！　そこから五メートル左だ。ハンドルを伝わって行け。アクセス・パネルがある」

フリックスが、早くも移動し始めた。風圧と闘いながら、一メートルおきに設《もう》けられたハンドルを伝わってゆく。まるで懸垂《けんすい》しているみたいだ。

ハッチを開くためのアクセス・パネルのスライド・ドアを開けようとしているのが解った。一分と経《へ》ずに、フリックスが大きく首を振った。

「駄目です！　爆破作業に移ります」

二重ハッチの外側の蝶番《ちょうつがい》のあたりにプラスティック爆薬を埋め込む。爆薬の接着面のシールをパネルに引っかけて剝《は》がすと、接着剤が固定するまで、ポイントに一分ほど押し付けねばならなかった。

二個の作業を終えるのに、五分ほどかかった。

「起爆装置をセットします」

プラスティック爆薬に、雷管を埋め込む。気流のせいで、ロープが引っ張られ、フリックスが一瞬逆立ち状態になった。

「保たないぞ！　オッペンハイマー。いったん回収しろ」

「まだだ！」

その瞬間、ひどい乱気流《タービュランス》がオーロラを襲った。

オッペンハイマーが一瞬目を離した瞬間、モニターからフリックスの姿が消えていた。次の瞬間、カメラの上からロープが落ちて来て、フリックスの身体《からだ》がデッキに叩き付けられた。ガラスの破片が飛び散り、フリックスの全身が奇妙な形に捻《ねじ》れた。

「回収急げ！　起爆装置はどうなっている⁉」

「駄目です。起爆ボルトが差し込まれたままです！」

ロープが捩れて、フリックスの身体が激しく回転し始めた。

「積乱雲が切れる！　離脱するか⁉」

「いや、やり遂げる！」

回収されたフリックスは、全身の骨が砕《くだ》け、フェイス・マスクの破片が顔面に刺さっていた。

「グルー曹長、行けるか？」

「はい。行きます！」

ロープのハーネスを付け換え、ボブ・グルー曹長が降りて行く。だんだん雲が晴れ、陽射《ひざ》しがデッキを照らし始めた。

と、その瞬間、何かの光が、曹長の身体を貫《つらぬ》き、激しく火花を散らせた。

その煌《きら》めきは二回発生し、ロープを切断し、呻《うめ》き声を上げる曹長の身体をあっという間に視界の彼方《かなた》へと飛ばしてしまった。

間を置いて、そのレーザーがオーロラの機体を叩いて、火花を散らせた。

「高度を下げろ！」

機長は、タイヤを甲板に接触させた。

「セフティ機構が働いているんじゃなかったのか⁉」

「たまにはこういうこともあるさ」

「こいつの機体は、スペースシャトルの耐熱タイル並みだ。ある程度まではエネルギー兵器の攻撃にも耐えられるが、無限じゃない。当たりどころが悪ければ一発でお陀《だ》仏《ぶつ》だぞ」

オーロラの機体がアナハイムの甲板に溶け込んだせいか、攻撃がやんだ。

「いつまでもは保たないぞ！」

オッペンハイマーは正面を振り返り、雲を探した。

「次の積乱雲に入るまでどのくらいある⁉」

「三〇分はかかる。しかも、今度は一〇分もしないうちに晴れるぞ」

「一瞬高度を上げてくれ。レーザーの砲塔を潰す」

「もしバルカン・ファランクスまで目覚めたらどうするんだ⁉」

「それは絶対にない。ファランクスが甲板上で撃ち合えば、破片をバラ撒《ま》くはめになる。そんな仕組みにはなっていない」

「今度はたしかなんだろうな？」

「さあね。アラン伍長！　聴こえるか？　ミニミを持って左舷のドアを開け、左のレーザー砲塔を潰せ！　さて、右はどうやって潰したものかな……」

オーロラには、右舷側に開くドアはない。

左翼側のドアが開けられ、アラン伍長がミニミ軽機関銃を腰のあたりに構えて、砲身をほんの一〇センチばかり出すと、オーロラはゆっくりとデッキを離れた。一〇メートルぐらいの高度差が生じると、一〇〇メートルちょっと離れた翼の突端近くから、レーザー兵器のターレットがポップアップし、目映《まばゆ》い光を放った。機体側面を直撃されたが、アラン伍長はまったく怯《ひる》まず、三点バースト射撃で、ターレットを狙い、吹き飛ばした。

右舷側からは、その間に二発のレーザー発射があった。

ロイエンタール機長は、素早く機体を降ろした。

「あのレーザーの砲塔部分からは侵入できないのか？」

「真っ先に考えたが、高電圧線が縦横に走っていて危険だ」

オッペンハイマーはシートを立った。

「今度は私が行く。雲に突っ込んだら教えてくれ」

一五分で、フィン付きのスーツに身を固め、カラビナやシュリンゲといった山岳装備品を腰のベルトに下げた。アナハイムのデッキは、遠目にはまったく滑《なめ》らかだが、作業用のロープを確保するガイドレールや、着艦機のブレーキング用の溝が随所に切ってある。

作業上の問題は、オーロラが巻き起こすジェット噴流をもろに喰らうため、オーロラがデッキに接触したままでは、誰も外に出られないことにあった。だから、どうしてもオーロラは高度差をとる必要があるのだ。

オッペンハイマーは、アナハイムとオーロラが雲に突っ込む寸前、空中に躍《おど》り出た。

雲に突っ込んだとたん、抵抗が激しくなる。しかも、上下の感覚がなくなるので、自分が今どっちを向いているのか確かめるのがたいへんだった。

デッキに接地した瞬間、オッペンハイマーは、そのまま数メートル後ろへ飛び、作業用ハンドルをうまい具合に摑んだ。そして、予備のロープをハンドルに絡《から》ませ、オーロラからのロープを解除した。

時々、晴れ間に頭をもたげて周囲を観察すると、フリックス中尉が取り付いたハッチが、左斜め前方二〇メートルぐらいのところにあった。

「ええい、くそ！　なんてこったい⁉」

絶望的な状況だった。後退はできても、この風に逆《さか》らって前へ進むことなどできっこない。

「ロイエンタール機長！　離脱したまえ。もう雲が切れる。しばらくは晴天域だ。あとは私しだいだ。ダイヤモンド・カッターの刃が五枚に、プラスティック爆薬がある」

「了解した。残念だが、燃料の問題もある。離脱してミッドウェーに降りる」

オーロラが雲の中へと消えて行く。だが、オーロラの機体引き起こしのタイミングは最悪だった。

デッキにへばり付いたオッペンハイマーが、左右を振り返ろうと身体を捻《ひね》った瞬間、雲が途切れた。

真上、三〇〇メートルほど上空に、ゆっくりと上昇するオーロラの姿があった。

「駄目だ！　機長。帰って来い！」

アナハイムの赤外線監視装置が、オーロラの巨大な機影を捕捉し、まず生き残った右舷のレーザー兵器が目覚めた。二回の攻撃が加えられたが、ＮＯＶＡは、敵目標がびくともしないため、次にバルカン・ファランクスを起動させた。この高度差では、ファランクスの攻撃に躊躇《ためら》いはなかった。バルカン・ファランクスのレーダー・ビームが高度差五〇〇メートルでオーロラを捕捉し、二五ミリ調整破片弾を容赦《ようしゃ》なく真下から浴びせかけた。

六発のエンジンは、まず下腹部を叩いた弾丸の破片を吸い込み、激しいエンジン・ストールを起こした。ほとんど間をおくことなく、ファランクスの弾丸は、エンジンそのものを直撃した。後尾で起こった大爆発は、一瞬の間をおいて前部キャビンを襲った。

爆風が、アナハイムのデッキに襲いかかり、オッペンハイマーは五メートル近くも空中に放り出され、当然の反動として今度はデッキに叩き付けられた。

幸いにして、フリックスのようにはならずに済んだが、肋骨が折れる音がヘルメットの中に響いた。

オッペンハイマーは、すべてを失った。優秀だった彼の部下も、アナハイムに次ぐ最新鋭機オーロラも、レッド・ドッグの神話すら失おうとしていた。

ケツに装着したウォーキー・トーキーのスイッチを入れながら、オッペンハイマーは、ウォーキー・トーキーが故障していないことを祈った。

「こちらレッド・ドッグ・リーダー。アナハイムの乗員、聴こえるか？　モニターしている人間がいたら応《こた》えてくれ」

「こちらUSS—アナハイムの艦長エミーユ・チェンバレン大佐だ。かなり大きな爆発があったようだが……」

「オーロラが、乗員もろとも爆発した……。バルカン・ファランクスに殺《や》られて。生存者は私ひとりだ」

「レッド・ドッグ・リーダー。君は今どこにいる？」

「左舷側作業用ハッチの、二〇メートルほど下だ。残念だが、前進する術《すべ》がない」

「不可能だ。諦《あきら》めたほうがいい。パラシュートを装備しているか？」

「ああ。装備している。だが、降下するつもりはない。私が持参した、ザックひとつ分の装備があれば、全員を救出できるんだ」

「レッド・ドッグ・リーダー。君を回収する術はない」

「そんなことを言うな！」

オッペンハイマーは、マスクの中で怒鳴った。

「一〇名の部下と、二人のパイロットが死んだ。おめおめと脱出するなんてことができるか！」

「解らん男だな……。君を回収する術はないと言っているんだ」

チェンバレン艦長とアップルトン大尉は、頭上の爆破作業に備《そな》えて、危険作業デッキに避難していた。アップルトン大尉にとってはどうということはなかったが、チェンバレン艦長は、エアコン・ダクトをくぐるのにひと苦労だった。

アップルトン大尉は、二人のやり取りを聞きながら、天井を見上げた。

「艦長！」

アップルトン大尉は、人差し指で天井を示し、その指をシャッターへと持って行った。

「前進はできなくても、斜め後ろへなら、どうにか動けるんじゃないかしら。彼が空中へ漂っているところへ、こっちからケーブルを流してやれば……」

艦長は首を振った。

「回収が完了するまで、向こうの酸素が保つとは思えない」

「でも、チャレンジする価値はあります」

「そうかな……」

艦長は、結局、ほかに名案が思い浮かばなかったので、その作戦に乗った。

「レッド・ドッグ・リーダー、君の酸素はどのくらい保つ？」

「一〇分だ。だが、私は高地作戦のトレーニングを受けている。酸素は問題じゃない」

「ひとつだけ、手がある。その前に約束してもらうぞ。時間をオーバーしてなお見込みがなければ、君はパラシュートで降下する」

「そんなくだらん約束ならいくらでもしてやる。どうすりゃいいんだ⁉」

「われわれは今、最後尾にある危険作業デッキに退避している。君たちが上で爆破作戦をする必要に迫られた場合に備えてね。君がいるポイントから、おそらく右二〇度ぐらいに下がれば、ちょうどわれわれのデッキの天井にたどり着くはずだ。距離にして五〇から七〇メートルぐらいあると思う。ロープはどのくらいある？」

「四五メートルを二本。そんな心配はいらん。私は山男でもある」

「よろしい。デインジャー・エリアが、矢印と黄色いペンキの文字で表示してある。その真下にわれわれはいる。幅広な表示だから、たぶんまだ残っているだろう。ハンドルやレールの類《たぐい》は縦横にある。そこから、君は空中に躍り出る。そこへ空中給油よろしく、われわれがケーブルを投げ、君がそれを摑み、引っ張り込む」

オッペンハイマーは、最後まで聞かずに行動に移った。実際、酸素の問題は大きかった。いくら高度順応訓練を積んでいるといっても、人間が高高度の希薄な大気でも行動できるのは、それこそ日数をかけて身体を順応させられる時だけである。いきなり高度一〇〇〇〇メートルに放り出されたら、一〇分も経《た》てば眠るように気絶するのがおちだ。放っておけば、そのまま死を迎える。アナハイムのブリッジや機関室にいた連中は、きっとそうやって殺《や》られたに違いなかった。

山登りの横飛びの要領で、オッペンハイマーは振り子のように左右に勢いをつけてから、まず一〇メートルほど中央側へ移動した。そこでハンドルを掴み、確保用の二メートルのロープでハンドルと身体を繋ぐと、メイン・ロープを回収する。メイン・ロープをハンドルに通し、さらに右下のデッキへと移動する。七〇メートルを八分で降りきった。新記録だった。

作業デッキの真上は、エンジンの排気スリットが開いてとうてい近付けそうになかったが、左舷側に、幅一メートルほどの、スリットがない部分が二カ所だけあった。

「艦長、排気スリットの真上にたどり着いた。アウトテイクの隙間から降りるんだろうが……」

酸素が切れたので、オッペンハイマーはまずボンベを捨て、ヘルメットの空気孔を目いっぱい開いた。まるで錐《きり》で突かれるような冷気が襲ってくる。

「そうだ。どちらでもいい。ラダーが取り付けてあるだろう。安全のために、それを全部降りきって、下側に回り込むんだ。でないと、そこで飛び出すと排気に巻き込まれる恐れがある」

「今のうちに全部話しておいてくれ。この爆風《ブラスト》の中で、そっちの声を聞き取る自信がない」

「了解。こっちの面積は広いから、君はどこで飛び出してもかまわない。姿勢制御にだけ注意してくれ。まず、われわれが投げたケーブルを受け取り、それにロープの余り部分を結び付けるんだ。ロープを回収するのが先だぞ」

「ロープを回収するのが先……」

頭がキンキン痛んだ。冷気と轟音で、今にも頭が潰されそうだった。

オッペンハイマーは、三〇度の斜度を持つラダーの端に、残置ロープを固定した。五〇センチおきに設けられたラダーのバーをしっかり握りながら、突端まで降りると、ロープの弛《たる》みを取ってから、一瞬宙に浮いた。きついオーバー・ハングを逆に降りて行くようなものだ。

腹側にラダーはなく、代わりにハンドルが点々と設けられていた。ひとつを掴み、そのハンドルに確保用ロープを絡ませた。

前方を見遣《や》ると、平べったい間口のところに、パイロット・スーツを着た人間が腹這《ば》いになっていた。ヘルメットに、酸素マスクを装着している。まだ三〇メートル近くはあった。

何か布きれが巻き付けられたケーブルが繰り出され、上へと延びて来る。機体の腹といっても、機体表面に沿って流れる気流のおかげで、ケーブルは布きれが得る風圧に引っ張られて、機体を這うように延びて来る。

オッペンハイマーは、意識が混濁《こんだく》してくるのを感じた。瞬《まばた》きする回数が増え、腕が重くなる。

三度、失敗した。確保したケーブルの布きれを、予備の四五メートル・ロープに結び付ける。

エイト環を通して、ロープが回収される感触が伝わってくる。

「大丈夫か⁉　レッド・ドッグ……。レッド・ドッグ。返事をしろ！」

シャッター部分に這いつくばるアップルトン大尉を背後で確保するチェンバレン艦長の目には、オッペンハイマーが、ほとんど眠っているように見えた。酸素が切れてから、すでに一五分以上が経過しているはずだった。

「ああ……、うん。大丈夫だ」

ロープが向こうに届いた。アップルトン大尉が回収したロープを、チェンバレン艦長がイーグル戦闘機のアレスティング・フックに結び付けた。

「いいぞ、レッド・ドッグ。飛べ！」

オッペンハイマーは、頭上の確保用ロープを解除し、空中に飛んだ。飛んだ！

そのまま、一瞬宙に浮いた。デッキからのロープが一瞬グイと全身を引っ張る。

「しまった⁉」と呻いた時には、オッペンハイマーの視界から、デッキが遠ざかり、エイト環から抜けたロープが、宙をのたうっていた。手を伸ばそうとしたが、まるで重しを付けられたように腕が言うことを聞いてくれなかった。

重大、あまりにも重大なミスだった。肝心のロープを、身体のどこにも結んでいなかった。酸素不足のせいだった。

オッペンハイマーは、全身の気力が抜けていくのを感じながら、パラシュートを開いた。高度三〇〇〇〇フィート、頭上をF—22戦闘機の編隊が、通りすぎた。

レッド・ドッグは敗北を喫したのだった。


サワコ・アップルトン大尉は、後ろへ這うと、シャッターを閉め、気圧を上げた。

チェンバレン艦長は、ウォーキー・トーキーでレッド・ドッグを呼んでいた。

たぶん、通信は無理だ。高度差はともかく、あっという間に数十キロの距離が開く。イーグルの無線機で呼びかければ、向こうは聴こえるかもしれないが、向こうの声を拾うのは無理だった。

完全に気圧が回復すると、座り込んだサワコは、ヘルメットを脱ぎ捨て、マスクを膝に置いた。

チェンバレン艦長は、あらんかぎりの罵詈雑言《ばりぞうごん》を叫び、地団駄《じだんだ》踏んで悔しがった。

「装備を先に回収すべきだった！　最初からブリッジを破壊させればよかったんだ。そうすれば、アナハイムは失ってもクルーは助けられた」

サワコは考えた。オーロラを失った今となっては、アナハイムが西に向かうかぎり、大陸本土から救援部隊を送り込むことは不可能だ。

機関停止までのカウント・ダウンは、すでに六時間を切ろうとしていた。あとはもう日本から、在来機での、在来部隊での接触を試みるしかない。在来機とあれば、たった一発レーザーを喰らっただけで、火が点《つ》くだろう。どんな飛行機に乗ってやって来るんだろう。スターリフターは大きすぎる。ハーキュリーズでは、スピードはともかく高度に無理があるかもしれない。司令官用のリア・ジェットか何かに違いない。

「艦長、もしこの機体が中国大陸へ向かっているんなら、大陸のなだらかな土地に不時着という可能性もあるんじゃないですか？」

「なくはない。だが、大尉。私はずっと考えていたんだが、たぶん、アナハイムの燃料は大陸まで保たない。それでいて、間違いなく太平洋は渡りきれる。困ったことになりそうだ」

「どうしてですか？」

艦長の言っていることとの意味が解らなかった。

「つまりだね、この二基の原子炉を搭載した飛行空母は、君のルーツの日本列島に墜落する可能性が高いということだよ。あの人口密集地帯に。私が軍の司令官なら、そうなる前に撃墜する。アナハイムの寿命は、せいぜい四時間だ」

サワコは、愕然《がくぜん》とした。今まで、そんなことなど考えてもみなかった。

四時間、あと四時間以内に脱出しないと、乗員もろともアナハイムは海の藻屑《もくず》になるのだ。

ハンティトン曹長や、シムズ伍長の顔が浮かんで来た。

何もできないというのが歯がゆかった。


硫黄島基地はとたんに騒々しくなっていた。米軍の整備兵を乗《の》せた高機動車が、滑走路上の障害物をチェックし、さらに誘導路も二度チェックした。硫黄島は孤立しているため、滑走路が閉鎖されると代替空港が近くにない。その誘導路は、滑走路の閉鎖に対応して着陸できるだけの幅と厚みを持っていた。

飛鳥は、ブルドッグへの燃料補給を見守りながら、一〇五ミリ砲弾のラックの上に腰をかけていた。

朝日が昇ったとたん、じりじりと気温が上がってくる。しかし快晴ではなく、雲が四、晴天域が六という感じだった。

「何をしろというんです？」

「救出か、さもなくば撃墜だ」

佐竹二佐は、こちらの様子を双眼鏡で窺《うかが》う米軍兵士を睨《にら》みながら答えた。

「簡単に言うんですね」

「ミサイルは妨害措置に弱いが、砲は違う。防ぎようがない。ミサイルはどこへ命中するか解らないが、ブルドッグの一〇五ミリ砲、四〇ミリ砲なら、ピンポイントで、攻撃兵器を狙えるじゃないか」

「そんなに助けたいですか？」

「救出に固執《こしつ》するつもりはさらさらない。だが同じ空で飯食う連中だ。知らん顔をしたんじゃ、寝起きが悪くなる」

「佐竹さんが寝起きが悪くなるなんてねぇ」

「とにかく、撃墜するにせよ救出するにせよ、ブルドッグならではの芸当が必要になるはずだ。でなきゃ、今ごろとっくに解決している」

「ま、それは言えてますけどね」

ウォーキー・トーキーが反応して、鳴海審議官からの荷物を載せた連絡機が間もなく着陸することを告げた。

「あれが日本へ向かうことになったら、本当に撃墜しますか？」

「どうかな。そうならんよう努力するのが俺たちの役目だ。問答無用に攻撃するぐらいなら、ロシア軍にだってできる」

飛鳥は、コクピットに昇って離陸準備を始めた。どうにも、馬鹿げた発想だという気がしてならなかった。

アッカーマン将軍は、両手で頭を抱え込んでいた。オーロラを失い、今やアナハイムまで失おうとしていた。

エイボーン大尉が、オッペンハイマー中佐がカール・ヴィンソンに救助されたことを伝えた時も、無言のまま顔を上げようとしなかった。

ポークフライは、黙々とキーボードを叩いていた。NOVAのメニュー画面をもう数百回と眺《なが》めた。侵入に失敗するたびに、いろんなパターンのふざけた歓迎メッセージが流れた。

「ポークフライ……。もっと静かにできんのか？」

「将軍、後悔する前に、次の作戦を考えたほうがいい」

ポークフライは、冷ややかに言ってのけた。彼は今、当代最高のハッカーと闘っていた。ハッカーは、軍部にとってのかつてのソヴィエトなんかより、はるかに強大で確固とした存在なのだ。これこそが男の戦場だった。

ファクトリーのウレンゴイ博士が、消耗戦に移るよう提案してきた。

「まったく無駄な犠牲じゃなかった。少なくともレーザーを一基潰したんだからな」

「博士。アナハイムに次いで高価な機体と、優秀な兵士を犠牲にしていいというのであれば、何だって潰せますよ」

「とにかく、まずアナハイムのミサイルを空《から》にすることだ。Ｆ―22編隊に攻撃を命じ、日本駐留部隊にミサイルを抱かせて出撃させ、さらに海軍に要請しろ。フェニックスを積んだＦ―14は特に有効なはずだ」

「アナハイムは、何もミサイルやレーザーだけで防衛されているわけじゃない。原子力を電力とするハイパワーのＥＣＭシステムまであるんですよ。そいつは原子炉が止まった今も、莫大《ばくだい》な余熱で動いているんです。アナハイムのミサイルを全部放出させるには、国じゅうのミサイルを撃ち尽くす必要がある」

「将軍、設計者が言うのも何だが、どんなシステムにも欠点はある。完璧などというものはあり得ないんだ。ＮＯＶＡが乗っ取られたように、われわれだってＮＯＶＡに付け入る隙《すき》があるはずだ。やるべきことをやりたまえ」

アッカーマン将軍は、まずＦ―22編隊に緩《ゆる》やかな攻撃を命じ、三沢、嘉手納に全戦闘機の離陸を命じ、最後に、海軍に作戦への参加を要請した。

彼にとっても時間がなかった。アナハイムが日本列島上空で燃料が尽きるということに、誰かが気づく前に、ＮＯＶＡの指揮権を回復せねばならなかった。

5章　ラプター

リンダ・コースペックは、マクリーン議員からの電子メールを受け取った。そのコンピュサーブの保守用IDに再度アクセスを試みること自体、かなりの危険を冒していたが、マリファナで気分が高揚している彼女にとっては、たいして危険にも思えなかった。

だが、オンライン状態で返事を書くほど鈍《にぶ》ってもいなかった。

NOVAにアクセスし、最新の情報を拾った。

飛行可能時間に関する表示が出ていた。計画どおり、原子炉が停止したことになっていた。通常の航空燃料で飛んでいる。ちょっと残燃料が心配だった。リンダが計算したより、かなり少ない様子だった。せめて日本海まで飛ぶぐらいの量は欲しかったが。

リンダはNOVAに質問した。

《日本海までは不可能。東京までは可能である》

ひょっとしたらアナハイムが日本に到達する前に、軍が撃墜を試みるかもしれないが、まあやむを得ない。何ごとも齟齬《そご》を来《きた》す可能性はある。問題はやり遂《と》げることができるかどうかだ。

兵装システムに異常があった。レーザー兵器の砲塔の反応がひとつ消えていた。

「キャビンから脱出した人間はいるか？」

《艦長室のドア・ロックが破壊》

くそ……。艦長が逃げ出した。だが、ほかに脱出者はいない。艦長が、ほかの乗員を残して脱出するはずはないから、相変わらずほかのクルーたちは脱出する術《すべ》がないのだ。そう考えていい。まだアナハイムは私のものだ。

「ロックが解除または破壊された区画はほかにもあるか？」

《ない》

ということは、問題なしだ。

バルカン・ファランクスの砲弾が減っていた。誰かが接近を試み、おそらく失敗したのだ。アムラームが減っていないのが気になったが、ＮＯＶＡは反撃方法を自己選択する。たぶんミサイルを撃つまでもないと判断したのだろう。

何かを撃墜したらしいが、それが何なのか表示がなかった。

リンダは、マクリーン議員に与える情報を選んだ。まず、燃料が減っていることは伝えなくていい。当面の目的地はないが、この政府の愚行を全世界に公開する旅路の第一歩として、東京に向かうことにすればいい。ソウル、北京《ペキン》を経由してモスクワへ向かうのだ。

すでに二機の戦闘機を失った軍が、再度接近を試みたが、バルカン・ファランクスによって撃退されたことも加えておこう。

最初はこの程度でいいだろうと思い、リンダは短いメールを認《したた》めると、マクリーン議員のID番号にそれを送った。


マクリーン議員は、それを国防総省へ向かう車の中で受け取った。

TVネットのプロデューサーに電話をかけ、走る車の中でインタビューを行なった。自分が得た情報によれば、空軍とアナハイムの間に交戦があり、二機の戦闘機が撃墜されたが、パイロットの生死は不明であると述べた。ほかのネットが慌てて後追いするのは目に見えていた。

国防総省で、サブ・オペレーション・ルームにポークフライがいるのにはまったく驚いた。

「どうして？　と聞かれる前に答えるけど、深い理由はない。僕の恩師のペーターゼン教授が、アナハイムのコンピュータ・システム、NOVAっていうんだが、その開発に携《たずさ》わっていて、僕が跡を継いだんだ。国防事項だから、君にも話さなかった」

ポークフライは、キーボードを叩きながらばつが悪そうな調子で喋《しゃべ》った。

「あんなに政府をバカにしていた貴方《あなた》がこんなことに首を突っ込んでいるなんて……」

「だからさ、ペーターゼン教授は知っているだろう？　エイズで死ぬ間際《まぎわ》、いろいろと遺言を残したんだ。僕がＮＯＶＡシステムの最終調整を担当するなら、教授会にいろいろと骨を折ってやるという密約があったんだ」

「で、失職した貴方は結局、その約束を反故《ほご》にされたわけね」

「死人を恨《うら》んでもしょうがない。それに、この仕事はけっこう楽しかったからね。第一、肩書を得ることだけが人生じゃない。君とは、人生に対するスタンスの取り方が違う」

アリス・マクリーンは、たしかにふたことめには眉間《みけん》に皺《しわ》を寄せて「ポストを！」と叫んで歩く人間だった。軍事情報委員会など、本来は彼女の年齢と経験なら、鼻も引っかけてもらえないのを、ずいぶんと工作して入り込んだのだ。

「まあ、いいでしょう。貴方がいてくれるんなら、アッカーマン将軍に私が一方的に利用されることもないでしょうから」

「私は、クルーの生命のために闘っている」

アッカーマンは今にも怒りが爆発しそうな調子で言った。

「私は貴方と違って納税者の利益に興味があります。むろん、乗員の救出は最優先ですけど」

アリスは、さっき受け取ったばかりの電子メールを二人に見せた。

「コンピュータに関する知識は優れているが、文章力はいまひとつだな。それに、この文章からは計画性が窺《うかが》われない。議員さんとメールでデートする予定は彼にはなかった。ここから彼の計画が破綻《はたん》する可能性があるだろう」

ポークフライは一読して言った。

「もう時間がない。犯人探しは後だ。そいつはＦＢＩに任《まか》せるよ」

アッカーマンは勝手にしてくれという様子で、たいして興味も示さなかった。

「時間？　何の時間ですか？」

「アナハイムは、あと六時間足らずで墜落する。たぶん、日本のどこかで。原子炉《も》が（ママ）スクラムしたせいで、普通の航空燃料で飛んでいるんだが、燃料が六時間しか保たないんだ」

「そんな……。フラクタルは知っているんですか？」

「ＮＯＶＡにアクセスしていれば知っているはずだ」

「そもそも、フラクタルは、その……、ＮＯＶＡですか、どうやってアクセスしているんです？　軍の衛星を使っているのであれば、キャッチできるでしょう？」

「やったよ。だが、軍の衛星からアクセスされた記録はない」

「簡単なことさ。民間の通信衛星から送受信できるようプログラムを書き加えればいい。アナハイムには、その程度の機能は付いている。それこそ、普通の衛星電話みたいに電話回線を繋ぐことができる。僕が犯人なら、アナハイムに数十回線引いて、一回使ったものは二度と使わないようにするね。どこからだってアクセスできる。バッテリーさえあれば、太平洋上だろうが、ロッキーの山の中、アフリカの砂漠地帯、どこからでもね」

「貴方が犯人でなくてよかったわ」

「僕が犯人なら、誰にも知られることなく月まで飛ばしてみせたよ」

「なんとか彼を引っ張り出せないかしら？……」

「そいつがワシントンDCにいる確率はほとんどゼロに近い。サイバーな連中はこんなところには近寄らんからな。だが、責め立てることはできる。アナハイムは危険な状態じゃないのか？　と問い質せばいい」

「そんなことをしたら逆効果になる」

アッカーマンが首を傾《かし》げた。

「彼は、いささか自己顕示欲が強い」

「このごろはみんなそうだ。それに、議員連中に比べればどうってことはない」

アリスが、不本意ながら同意する印に頷いた。

「こちらが非難すれば、彼は反論せずにはすまない気分になる。大丈夫。この倍の長さのメールが返って来ますよ」

将軍は唇を嚙み、「我慢がならん！」と吐き捨てた。

「空軍の最高機密だぞ⁉　それをオモチャにしおって！　議会が堂々めぐりを繰り返し、ホワイトハウスが権力闘争に明け暮れ、国民が税金を食い潰していたこの三〇年間、われわれはベトナムで、過酷な訓練の中で、数千名もの優秀なパイロットを失っていった。それをなんだ⁉　こんなくだらんオモチャを操る連中が――」

将軍は、ポークフライとアリスが持ち込んだパソコンを睨《にら》みつけて喚《わめ》いた。

「お言葉だが将軍、ハッカーはそんな連中じゃない！」

珍しくポークフライが声を荒らげた。

「キャッシュ・ディスペンサーの中身を書き換えるような組織犯罪に比べれば、ハッカーは政府機関の監視をこそ活動の拠点としている。彼らは本来無垢《むく》な存在だ」

「人殺しを無垢だというのか⁉　貴様は」

「あなたがた政府の役人は、何かと言えばコンピュータ世代を理解不能の集団と捉えて迫害を加えようとするからですよ。アメリカの未来は、この小さな箱の中にしかないんです！　少なくとも、アナハイムの中じゃない！」

「そういう喧嘩《けんか》は、公聴会でやってくださいな……」

アリスは自分のノート・パソコンを閉じながらぼそっと言った。

タイムリミットが、重くのしかかっていた。


太平洋艦隊を統《す》べるネビル・ロックウッド海軍提督は、ひとまず第七艦隊空母機動部隊の原子力空母カール・ヴィンソンに全速力での追撃を命じた。

作戦参加機を選別するのがひと苦労だった。なにしろ、スパローではとうてい歯が立たないし、アムラームでも怪しいとくる。

「F―14部隊は全機、フェニックス装備で出撃、F／A―18部隊はアムラームで出撃。合計すると、フェニックスが一二〇発。アムラームが一六〇発になります。日本の領空に到達するまで、二ソーティは可能です」

作戦参謀のジョーイ・キム大佐が、地下のオペレーション・ルームで、メモを走らせながら答えた。

「二ソーティもした日には、カール・ヴィンソンの弾薬庫は空《から》になる。空軍が経費を払ってくれるよう切《せつ》に願うよ」

最新のアムラームにせよ、フェニックスにせよ、お値段においては人後に落ちない。どちらも一発一〇〇万ドル前後もするのだ。

「目標に対しては、同時発射が望ましいが、そうもいかないだろうな」

「F―14トム・キャット隊は、四機編隊で攻撃を行ないます。どちらもD型で、一個飛行隊はボム・キャット・タイプですが。各機の距離をとり、六発同時攻撃を行ないます。最終的に二四発が、同時に目標を狙います。F／A―18ホーネット隊は、二発ずつの攻撃になります」

海軍としては、すでに撃墜やむなしの判断に至っていたが、どの程度で墜落してくれるかは、まったくの未知数だった。

「全機が攻撃を終えるまで時間がかかるわけだ」

「はい。最短でも三〇分はかかりますね」

「せめて一機の損失なく帰還してくれることを望みたいな。うまくいくと思うか？」

「いいえ。防御ミサイルはともかく、電波妨害《ジャミング》の出力は大きいし、とりわけレーザーはやっかいですね。ほぼ無限にエネルギーを持ちますから。空軍さんの活躍しだいでは、作戦を変更する必要があるかもしれません」

「うん。F―22は、ひょっとしたらトム・キャットやイントルーダーの後継機になる戦闘機だ。活躍をとくと見物させてもらおう」

空軍のF―22部隊が攻撃に失敗したら、ワシントンの判断を待ち、カール・ヴィンソンの搭乗機が、アナハイム撃墜を目的とした本格的な攻撃にとりかかる予定になっていた。

チャック・バードン中佐は、アナハイムの前方に回り込み、慎重に間合いを詰め始めた。なにしろ、アナハイムが搭載するアムラーム・ミサイルと、こちらが搭載するアムラーム・ミサイルは、まったく同じ性能なのだ。電子妨害システムもほぼ同じ。違いは出力で、アナハイムのほうが桁《けた》が三つ四つ大きかった。

後方からの攻撃は放棄せざるを得なかった。過ぎ去るアナハイムに対してミサイルを撃つと、彼我《ひが》の相対距離の関係から、アナハイムのほうが先に攻撃できるからである。

バードン中佐は、二機編隊を後方一〇〇〇〇メートルに残し、ウイングマンのリック・サリンジャー大尉とともに機を戦闘速度へ上げて真正面からアナハイムに挑《いど》んだ。本当は、もう少しスピードを落としたかったが、アフター・バーナーを点火してすぐ離脱にかかるためには、スピードを戦闘速度まで上げておいたほうが加速が得やすいのだ。

バードン中佐は、サリンジャー機と一〇〇〇メートルの高度および横幅をとった。レーダーが、すでにアナハイムを捕捉している。赤外線捜索追尾装置《IRST》にも、アナハイムが映っていた。

前部ウェポンベイを開く。ラプターは、よりステルシーな飛行を実現するために、兵器関係はすべてウェポンベイに収納する仕組みになっている。

火器管制装置《FCS》が、攻撃のカウントダウンを始めると、あとは自動発射を待つだけだ。

二発のアムラーム・ミサイルがアナハイムめがけて飛んでゆく。続いてサリンジャー機が攻撃を仕掛ける。向こうからもすでに射程距離に入っていたが、イーグルが殺《や》られた時のような反撃はなかった。

しかし中佐は、いつでも反転離脱できるよう備《そな》えながら、その瞬間を待った。命中まで三〇秒足らず。

だが、IRSTのモニターの中で、二発のミサイルが爆発しただけだった。その爆風の中で、さらにサリンジャー機の二発のミサイルが爆発した。

レーザーだ……。

中佐は、続けて四発のアムラーム・ミサイルを発射した。二発目を発射した直後、ようやくアナハイムの捜索追尾レーダーが起動した。

中佐は、ジャミングをかけるような真似はしなかった。出力では圧倒的に負けているのだ。やっても無駄なことは明らかだった。しかもこんな近くで、この出力でレーダーを照射されては、いかなステルス機といえども、姿を露呈せざるを得ない。

間をおくことなく、アナハイムがアムラーム・ミサイルを発射した。

ただちにブレイクし、反転離脱にかかる。アフター・バーナーを点火して加速し、マッハ二・五超のスピードで脱兎《だっと》のごとく逃げるのだ。マッハ三のスピードで追ってくるミサイルが、アナハイムのFCSが数字を弾《はじ》いた未来位置に到達するころには、ラプターはアムラームのはるか射程外に到達している。

アムラームが詰めることのできる距離は、一秒間にほんの二、三〇〇メートルでしかない。戦闘機にとって、一秒というのは貴重で、逃亡には充分な時間だった。

アナハイムは、発射された一二発のミサイルをサイドワインダーで迎撃し、撃ちもらした二発を、レーザーで叩き落とした。

続いて、残る二機のラプターは、全搭載ミサイルをほぼ同時に発射した。こちらは、アムラームとサイドワインダーとの併用で撃墜された。

アナハイムは、まったく無傷だった。

F—22チームは、アナハイムの監視をハワイからの編隊に引き継ぎ、補給のために三沢へと向かった。

アッカーマンは、三沢へ向かうF—22のバードン中佐と連絡をとった。アナハイムのミサイル発射数を確認するのに手間どっていた。

なにしろ、バードン中佐はチャフを撒《ま》きながら逃げねばならなかったのだ。

「われわれに向けて発射されたのは、二発です。ミサイル迎撃に何が何発使用されたかは正確には解りません。ＥＣ―135の正確な分析を待たないと。それに、サイドワインダーか、アムラームだったかの区別はついても、レーザーかバルカン・ファランクスかの区別はこちらでは無理です」

ファクトリーからは、海軍戦闘機の波状攻撃でミサイルを空《から》にできると言ってきた。一個飛行隊の攻撃で、アナハイムが搭載する一〇パーセントのミサイルを空《から》にできるはずだとウレンゴイ博士は弾いてみせた。

「ＮＯＶＡは学習している」

ポークフライは、バードン中佐の報告をアッカーマンの横で聞きながら思った。

「何をだね？」

「ＮＯＶＡは、もともと冗長《じょうちょう》性に優れたシステムです。たとえば、これが普通の空対空戦闘であれば、最初からアムラームを使っての、よりアウトレンジでの迎撃を心がけるのが普通のＦＣＳですが、ＮＯＶＡはそうじゃない。アナハイムのコンディションから武器搭載量まで計算し、脅威評価に合わせて迎撃方法を選択している。バルカン・ファランクスを使うのは最後の手段で、アムラームは温存する。ミサイル迎撃の基本はレーザーで、レーザーの次発射カウントに間に合わないと判断した時に、ほかの物理兵器と併用する」

「じゃあ、一度にバーッと猛攻をかけるしかないというのか？」

「そうです。とにかく、大量のミサイルを浴びせかけることです」

「そいつの半分が命中したらどうなる？　いかなアナハイムでも保たないぞ」

「たった一発の命中でも、中に乗っている人間に対してはひじょうに危険です。破裂孔が大きくて、減圧量を上回るだけの空気をコンプレッサーが生み出すことができなければ、クルーは低温と空気不足で死亡する。最初、将軍が考えていたような、ミサイルを一発ずつ撃たせて削っていくというのは無理なんです」

「じゃあ、最初のイーグル戦闘機の撃墜はどうしてだ？　敵対行為もなかったのに」

「あれは、フラクタルの意思であってＮＯＶＡの判断じゃない。アナハイムに近づくなというフラクタルの警告ですよ」

「撃墜しろというのか？」

「ファクトリーが解決方法を見出《いだ》さず、私がＮＯＶＡにアクセスできないかぎり、ほかに術《すべ》はない。人口が密集した日本のどこかに、原子炉を搭載した数万トンの飛行機を墜《お》とすよりは、ましな選択です」

「五〇人も乗っているんだぞ。よくもそんなことを……」

「ちょっと待って。記者会見を開いて、フラクタルにお願いしましょう。せめて空中給油を受け入れてくれるよう」

　アリスが提案した。

「なんでそんな子供じみた真似を⁉　相手はテロリストだぞ」

「もしフラクタルが応じれば、時間を稼《かせ》げるじゃないの」

「もしフラクタルが、もっと遊びたいと思うのであれば、実際に空中給油して、時間を稼げるかもしれない。そして日本を脱した次の空中給油で、また特殊部隊を送り込めばいいでしょう」

「ああ、どうぞ勝手にやってくれ。私は何も期待しない」

「将軍、ほかに手がないことを認めないと。脱出した艦長とイーグル・ドライバーを、すぐにでも降下させてください。それに、空中給油は、海軍やほかの連中に対する口実にも使えます。接触する術《すべ》があるから、しばらく全面的な攻撃は待ってくれとのね」

それは使えるとアッカーマンは思った。アッカーマンとしては、アナハイムが日本に近付く寸前まで、なんとか時間を稼ぎたかった。

少なくとも海軍に対するプレッシャーになるのであれば、その手は使えるはずだった。

航空自衛隊のU―125飛行点検機は、硫黄島のエプロンに入って二トンあまりの物資を放り出すと、そのまま本土へ向けて離陸して行った。挨拶《あいさつ》も何もなし。荷物の説明すらなかった。

ミサイル運搬車でそれらを拾い、ブルドッグのリア・ランプから積み込む。

プラスティック爆薬から山岳装備一式。エンジン・カッターまであった。

「この装備、どう見ても撃墜用じゃなく、レスキュー・ミッション用に見えますけどね……」

飛鳥は、荷物をハンガーに固定しながら言った。

「こんな物資をよこすんなら、コマンドのひとりやふたり、よこしてもよさそうなものを……」

「鳴海さんからの報告では、とにかくいざという時の犠牲者は少ないに越したことはないからということだそうだ。俺も同感だよ」

デッキに仁王《におう》立ちする佐竹隊長が平然と言ってのけた。

「そいつは嬉《うれ》しくて涙が出そうだわ。イーグルですら接近できなかったものを、どうやって近付くんです？」

「貴様らがアナハイムと接触するまで、可能なことは調べておくそうだ」

「もし、米軍機にインターセプトを受けたら？　当然近寄らせちゃもらえないだろうけど」

「窓から白旗でも振ってやれ」

「鳴海審議官に言っておいてください。俺たちがもし救助に成功したら、アメリカ空軍からボーナスが支給されるようにね。ひとりあたま一万ドルで手を打ちますよ」

「伝えておく」

佐竹が降りると、飛鳥はコクピットへ飛び込み、レフト・シートに腰を下ろした。

「悔しいけど、そこには貴方のほうがお似合いね」

歩巳麗子は、離陸前チェックに追われながら言った。

「ずいぶん弱気じゃないか？」

「アナハイムの状態も意図も解らないのよ。撃墜する必要があるのか、それとも、私たちが救出しなきゃほかに手がないのか。何もかも不明なのだから、本土に迫ってから動いてもいいでしょうに」

「政府としちゃ、より離れたところから、アナハイムの状態を把握しておきたいんだろう。俺たちの出番なんかないさ。その証拠に、物資を届けはしたが、兵隊はよこさなかった。しばらくは米軍さんのお手並み拝見といくさ」

ブルドッグの離陸の報は、同居する米軍の手によって、ただちにアメリカ海空軍へともたらされた。

アナハイムと接触するまで、二時間の道のりだった。

ＣＶＮ—70原子力空母カール・ヴィンソン（九一〇〇〇トン）は、五つのメジャー飛行隊によって構成されている。

F―14Dトム・キャット要撃戦闘機の二個飛行隊二四機、戦闘攻撃機F／A―18Cホーネット二個飛行隊。攻撃機A―6Eイントルーダーの一個飛行隊。これを対潜哨戒機のS―3バイキングや、E―2Cホークアイといった哨戒機で守るのだ。

今、そのうちのVF―11レッドリッパーズ、VF―31トム・キャッターズ、VFA―25ザ・ファースト・オブ・フリート、VFA―113スティンガーズのニックネームを持つ四個飛行隊四十数機がカール・ヴィンソンの六五〇キロ西北の洋上を、E―2Cや、EA―6Bプラウラー電子戦機らに守られて飛行していた。

カール・ヴィンソンの飛行隊はまた、比較的新しいタイプの戦闘機で構成されていた。レッドリッパーズは、本来空対空ミサイルしか搭載できないトム・キャットに爆撃性能を付与したボム・キャット・タイプであるし、そもそもD型は、レーダー等の換装《かんそう》により、Aタイプより数段の進化を遂《と》げていた。

ホーネットにしても、二個飛行隊とも夜間攻撃能力を付与したNタイプであった。

カール・ヴィンソンを中核とする第七七機動部隊を率《ひき》いるスティーブ・コリー准将は、この戦力を失うはめになったら大ごとだと思った。

CICルームの薄暗い明かりの中で、刻一刻と目標に近付いて行く各編隊を睨んでいたコリー提督は、オーロラが爆発した前後の状況を思い出して寒気を覚えた。敵と闘って死ぬのならともかく、自軍の部隊と闘って死ぬのは、何ともやりきれない。

エア・ボスのエンリコ・サルガリータ中佐がヘッド・セットを被《かぶ》り、提督にも通信をモニターするよう勧《すす》めた。

すでに、最初のボム・キャット編隊が、ホークアイの誘導に従って、アナハイムの前方に回り込もうとしていた。

「アナハイムのキャビンから脱出できたのが二名いるんだろう?」

「はい。イーグルのパイロットと艦長です」

「艦長はともかく、戦闘機のパイロットだけでも事前にパラシュートで飛び降りるわけにはいかなかったのかな」

「船乗りは、フネと運命をともにする……、といったところですかね。空軍さんには、何か腹づもりでもあるんでしょう」

ボム・キャット隊が攻撃位置に就いた。

「こちらレッドリッパーズ・リーダー。編隊各機へ、攻撃を開始する。これより攻撃を開始する」

ボム・キャットは、アナハイムに四〇キロまで接近したところで、ようやく攻撃を開始した。フェニックスは、現有するもっとも射程距離の長い空対空ミサイルだが、そもそもボム・キャットのレーダーが、アナハイムを捕捉することができなかったのだ。

四機編隊が、フェニックス空対空ミサイルを六発ずつ発射する。アナハイムのレーダー反応があまりに弱いため、発射母機からターミナル誘導せねばならなかった。

ハワイで、ロックウッド提督らが考えたほど簡単にはいかない様子だった。

ほんの数秒も経《へ》ると、カール・ヴィンソンのCICルームで、E—2Cからの中継スクリーンが一瞬真っ白になった。

「ジャミングです」

アナハイムが、初めて電子戦《ECM》をかけ始めた。

ホークアイやボム・キャットが、次々とレーダー波をホッピングして電波妨害をかわそうとするが、いかんせんアナハイムの妨害波はすさまじかった。

スクリーンは、ほんの一瞬正常に戻ったかと見えると、すぐに乱れ始め、ほんの二〇秒も経ずに、捜索も追尾レーダーも、使用される目いっぱいの幅に妨害がかかるようになった。

「全部隊を帰還させろ」

コリー提督はヘッドセットを外しながら、即断して命じた。

「しかし――」

「レーダー誘導では救いようがない。とにかく、電子妨害の出力の桁が違うんだ。これでは何波攻撃をかけようが、無駄弾を撃つだけだ。９Ｒを抱かせて再攻撃をかけさせる」

サイドワインダーのＡＩＭ―９Ｒは、赤外線誘導方式では、もっとも先進的なミサイルだった。

「クーガーズに攻撃させろ！」

サルガリータ中佐は、ひとまず攻撃可能な唯一の部隊に前へ出るよう命じた。

ＶＡＱ―139クーガーズ飛行隊は、四機のＥＡ―６Ｂプラウラー電子戦機を保有し、それらは今、各二発のＨＡＲＭ対レーダー・ミサイルを装備していた。

ＨＡＲＭミサイルは、敵が発信するレーダー波を逆探知しながら目指し、最後はレーダー誘導で命中する。

「サイドワインダーだと、完全にアナハイムの迎撃圏内に入ってしまいます」

「だが、対抗手段は限られる。そんなに多くのフレアを持ってはおらんだろうし、そもそもあのでかい図体《ずうたい》だ。避けようはない」

「どうやって近付きます？」

提督は、気象スクリーンに目をやった。

「アジア大陸から張り出した低気圧が、ポツポツ浮かんでいる。あの中で待ち伏せして、充分な距離に近付いたところで、ひょいと撃つ。レーダーはいっさい使わない。

雲をバックに、雲の中から撃つ。もしミサイルで攻撃されたら、ひたすら逃げる。雲の向こうへと逃げれば、まずサイドワインダーを喰らう心配はない。問題はアムラームだけだ」

「無理ですよ。F―22ならともかく、トム・キャットの加速性能なんて知れている」

クーガーズがボム・キャット編隊より前へ出始めた。射程二五キロのぎりぎりでHARMミサイルを発射する。

「クーガーズ・リーダーより各機へ。前進しすぎるな。われわれはすでにアムラームの射程に入っている」

クーガーズ・リーダーのイヤーパッドを通じて、ミサイル・ウォーニングの甲高い警報音が響いた。

「ブレイク！　ブレイク！」

プラウラーが狂ったように回避行動をとりつつ、チャフをバラ撒《ま》くシーンが皆の瞼《まぶた》に浮かんだ。

Gの圧迫を受けるクーガーズ・リーダーの激しい息づかいが伝わってくる。

「……一発かわした。チャーフィー！　そっちだ！　そっちを狙っている……。ああくそ⁉　脱出しろ。脱出するんだ！　チャーフィー機が右翼の付け根に喰らった。回転している……。いいぞ！　キャノピーが飛んだ。パラシュートがひとつ……、ふたつ開いた。二名脱出した。二名脱出したぞ。至急、救難機を頼む！」

プラウラーは四人乗り。つまり二名は脱出できなかったということだ。


「電子戦機だぞ……。どうしてもっと早くにミサイルを発見できなかったんだ？」

「たぶん、アナハイムのジャミングが強すぎるんですよ。これをして、サイドワインダーによる攻撃が危険だと言うつもりはありませんが、こういう事態は避けられないでしょう」

「策を考えよう。たとえば、残った三機のプラウラーでチャフ・コリドーを作り、そのカーテンの内側から9R攻撃するとかね」

「結局、一ソーティしかできないですね」

四〇機の攻撃機が搭載できるサイドワインダーは三二〇発。そのうちの半分でも発射できればいいほうだろう。アナハイムまでたどり着くのは、さらにその三分の一以下に違いない。そして、たどり着いたミサイルにできるのは、せいぜい外側の隔壁一枚に引っかき傷を作る程度だ。

サイドワインダーは、弾体が小さくて射程距離が短いうえ、炸薬《さくやく》重量も少ないという欠点がある。もっとも、通常の空対空任務では、弾頭炸薬量はほとんど問題にならないのだが。

「アナハイムはサイドワインダーを二〇〇発も搭載しているそうだが、アムラームさえ枯渇《こかつ》させれば、たいした問題じゃない。HARMと、あとはボム・キャットやホーネットのマーベリックの出番だ」

マーベリック・タイプの、テレビ誘導ミサイルはひとつの解決策だった。いかんせん射程が短い点を除けば、雲の中にでも突っ込まないかぎり、どんなジャミングも受け付けないのだ。

「残念ですが、この距離では、今から二ソーティは無理です。われわれがアムラームを潰し、たぶんミサワの連中がマーベリックでアナハイムを撃墜することになるでしょう」

「それとも、あのオッペンハイマーが奇策を考え出すかのどっちかだな」

カール・ヴィンソンによって救助されたオッペンハイマー中佐は、ドクターの診察を受けて着替えると、コリー提督を説《と》き伏せて、C―2グレイハウンド輸送機に飛び乗ったのだった。

ミサイルさえ枯渇させてくれれば、撃墜することなくアナハイムを救助してみせるという、オッペンハイマーの気迫に押されたのだった。

コリー提督としても、命令とはいえ、五〇名のアメリカ兵が乗った飛行機を、術を尽くさずして撃墜する気にはなれなかった。

オッペンハイマーが、何か奇抜なアイディアを持っていたというわけじゃなかったが、チャンスを与えてやってもよかろうと思った。当然、全治三週間の空軍の兵士に指揮させて輸送機を危険な任務に出したことは、ハワイには内緒だった。

一回目の出撃は完全な失敗だった。アナハイムがステルシーなことも、そのジャミングが強力なことも事前にインフォメーションされていた。それを充分に考慮しなかったミスだった。

しかし、それが解っていたら、ほかに手の打ちようがあったかと言えば、ほとんどなかったのだが。

アナハイムがジャミングを始めると、さすがに艦内でもウォーキー・トーキーはまったく使えなくなった。

チェンバレン艦長とアップルトン大尉は、ダイヤモンドの装身具を持っていたクルーの部屋を回り、首尾状況を聞いて回らねばならなかった。

結果、艦長以外は結局駄目だった。第一には、ダイヤモンドのカラット数がものを言った。作りの頑丈さも大事だった。つまりは、お値段が成否を決したのだ。

二人はカフェテリアで落ち合い、雑音でいっぱいのウォーキー・トーキーのボリュームをやや絞りながら、おそらく最後になるお茶を飲んだ。

「墜落する時は、どうなるんですか？」

「いきなり真っ逆さまということはないだろう。たとえ機関が止まっても、アナハイムが持っている自然の復元力が作用して、じょじょに下向きになる。あとは、木の葉が落ちるような状態に陥《おちい》り、最後には、各部の加重制限を超え、空中分解を起こす。いったんフラフラし始めたら、ほとんど大地震に見舞われるようなもので、脱出はまったく不可能だ。われわれと運命をともにする必要はなかったのに」

「いいじゃないですか。どうせ、本当なら昨日死んでいたんです。海じゃなく、飛行機の中で死ねるというのはパイロットとして名誉なことですよ」

「私は、あまりそんなことは考えたことはないな」

「艦長は、もともとテスト・パイロットのご出身なんですか？」

チェンバレン艦長は、皮肉げな顔をした。

「いやいや。テスト・パイロットというのはね、あれは特殊な連中だよ。昔も今も、センスが第一、チームワークは二の次だ。艦長は勤《つと》まらないよ。私は、最初ファントム・ドライバーとして戦った。ベトナムでね」

「そうなんですか。うちの父も、ベトナムで撃墜された経験の持ち主なんですよ。初期のB―52でしたけどね」

「そうなのかね。それでお父上はオキナワで君の母さんと知り合い、君は空軍に入ったというパターンだね」

「ええ、定番の空軍パイロット人生コースです」

「私もご多分に漏れず、撃墜された。脱出の時背骨を痛めてね、戦闘機を降り、F―111へと移り、B―52、B―1へと移り、B―2のテスト・パイロットをしばらく務めた」

「ほら、やっぱりテスト・パイロットじゃないですか」

「いやいや、ほんの数カ月だよ。その関係からアナハイムの艦長に誘われたんだ。アッカーマン将軍は、ベトナム時代の私のウイング・リーダーでね」

「実戦というのは、どんな感じですか？」

「戦っている間は、ハイな気分になる。滅茶苦茶ハイな気分だよ。そして魘《うな》される。何日も何カ月も、何十年もね。それこそ麻薬と、その後遺症みたいなものだ。神が与えた報いだよ」

ＮＯＶＡが、カウントダウンのアナウンスを行なった。墜落まで四時間半を切ったのだ。

「整備備品区画のドアを、また艦長の指輪で切るというのはどうです？　三〇分もあれば、中からダイヤモンド・カッターを取り出して、クルーを全員解放できる」

「私も最初考えたが、あのドアは、ボンベ類の爆発を想定して、キャビン区画の数倍の厚さで作ってある。とても無理だよ」

「じゃあ、回収したロープを使うのは？　レッド・ドッグが残して行った、たった一本のロープを使って尾翼まで下がって、エレベーターのスリット部分に詰め物でもして来るとか」

「それも考慮ずみだ。あの位置から外へ出てアクセスできるエレベーターは四枚。その全部を動作不能にしたとしても、アナハイムはほんのちょっと動きが鈍くなるだけだ」

「じゃあ、NOVA中枢部への空気の流れをシャットアウトして、コンピュータが熱で殺《や》られるのを待つというのは？　コンピュータ・チップって、高熱を発するから冷やさなきゃならないんでしょう」

　チェンバレン艦長は、その作戦には興味を覚えた。

「あの手のスパコンは、水で冷やしている。当然ね。その水は、原子力の冷却系と同じように、機体外板の裏で冷やされる。だから、空気はそんなに関係ないんだ。空気は、コンピューター・ルームで作業する人間に対してのみ必要なものだ。だが、ちょっと待てよ……。何かアイディアが思いつきそうなんだがな。ファクトリーと連絡がつけばいいんだが」

「飛行中、NOVAが止まったらどうなります？」

「バックアップ・システムが起動し、最低限のフライト・コントロールを行なう。NOVAとはいっさい連携しない。NOVAからは命令できない。NOVAがハングアップした時のみ、起動する」

「そのシステムはどこに？」

「NOVAシステムのやや前方下のデッキだ。NOVAが被《こうむ》ってもバックアップ・システムは無事なように離されている。さて、どうやって潰《つぶ》す？」

「エアコン・ダクトから、消火剤をぶちまけましょう。あるいは、水を。水なら、簡単にショートさせられるじゃないですか？」

「部屋は完全密閉されているわけじゃない。床からこぼれるだけだ。水は駄目だよ。ガスの類《たぐい》でなけりゃ」

サワコは、カフェテリアの中を見渡した。使えるものがあるのは、ここととイーグルのデッキだけなのだ。

残念ながら、ガスはない。調理はすべて電磁鍋かオーブン・レンジによって行なわれていた。

炭酸ガス消火剤だけはあったし、これはコンピュータ・チップの類をある程度酸化させてくれる。だから、この手の消火剤はコンピュータの周辺で使ってはいけないことになっている。だが、確実にチップを殺してくれるわけではない。

「ファクトリーしだいだな」

チェンバレン艦長はカップを置いて腰を上げた。フライト・スーツのポケットに手を突っ込み、ビニール袋に入れたメモ帳をサワコに差し出した。

「すまんが、これを持っていてくれんか。家族への伝言が書いてある」

サワコはにっこり笑ってそれを受け取った。

「艦長。受け取りはしますが、私は最後の最後まで、ご一緒しますからね」

「ああ。だが、生き残る可能性としては、君のほうが高い。そうであることを祈るよ。漫然として死を迎えるのは、アメリカ人の流儀じゃない」

「責任を感じて艦長がフネと運命をともにするのは、旧日本海軍の習性でしたが、提督連中は、優秀な指揮官が無駄に死んでいくと嘆《なげ》いたそうですよ」

「ああ、知っている。だが、その心情を私は理解できる。死ぬまで時間がありすぎたせいだろうな」

二人は、ウォーキー・トーキーを持って後部デッキへと下がった。アナハイムのジャミングはまだ続いていた。

二人には、アナハイムが攻撃を受けているだろうことは予測がついていたが、それが空母機動部隊の戦力を総動員した大攻勢で、アナハイムが次々と迎撃ミサイルを繰り出していることなど、思いも及ばなかった。

アリス・マクリーン議員は、アッカーマン将軍との会談を終えたという形で、国防総省内のプレス・ルームに立ち、記者会見でミスター・フラクタルに呼びかけた。

原子力がスクラムし、航空燃料で飛行しているが、燃料が底を尽きかけ、もう数時間しか飛べないことを痛切な表情で訴えた。

せめて空中給油を許可してくれるようテレビ・カメラに向かって訴えた。


リンダ・コースペックは、ウオッカを一杯引っかけると、ポークフライ准教授のゼミで一緒だった、エイドリー・ウォーケンに電話をかけた。

ウォーケンは、国防総省専門のハッカーで、ゼミでは軍事問題の碩学《せきがく》扱いされていた。

ウォーケンはCNNにかじりついていた。

「ああ、リンダかい？　退学届出したんだって？　聞いたよ。まあ、ポークフライ先生のことやらで、いろいろ悩みはあったんだろうけどさ」

「ええ、ありがとう。あんな学校のことなんてどうでもいいのよ。それより、アナハイムのことで聞きたいことがあるんだけど」

「なあおい。俺たちがポークフライ先生の手伝いをしたっていうことは、犯人が見つかるまでしばらく黙っていたほうがいいと思わないかい？」

「え、え、同感ね。でも、けっこう凄《すご》いと思わない？」

「ああ、まったくだよ。たいした奴だ。でも、俺もＮＯＶＡのシステムを扱っていて思ったけどさ、ユニックスよりウインドウズよりさらに使い勝手がいいってことは、それだけコントロールが簡単だってことだぜ。アクセスさえできれば誰だって扱えるシステムってのはよくないよ。利便性の追求も善《よ》し悪《あ》しだと思ったね」

「ねえ、あれ日本まで無事に着くと思う？　軍や、日本の軍隊は阻止《そし》できるかしら？　あたしはどうしても日本までにはたどり着いてほしいんだけど」

「そいつはポークフライ先生を裏切った日本企業への復讐のためかい？　それともあの口うるさい生徒指導部長への面当《つら》てかい」

「両方よ。少しは日本人を冷やっとさせてやりたいじゃない」

「まあ、ひとつはレーザーしだいだろうな。ミサイル兵器はいつかは枯渇するけど、レーザーはそうじゃないから。第七艦隊は、ミッドウェーと日本本土の間に、必ず一隻は空母を浮かべている。だから、海軍がその気になれば、攻撃はできる。でもクルーが乗っているからには、軍としては躊躇《ため》うんじゃないか。あとは、日本の空軍に、〝自分たちでやる防衛軍〟とかいう妙な名前の軍隊だけどさ、その空軍に引き継いで、ミサイルを消耗させる手がある。もちろん、わがアメリカ空軍もミサワやカデナと要所要所に部隊を配備しているから、独自でも対処はできる」

「日本軍がその気になったら、太平洋を渡る前に撃墜できるかしら?」

「今じゃ、日本は米ソに次ぐ軍事大国だ。昔のカミカゼ・スピリッツを発揮すればできるだろうし、連中はとりわけ原子力にはナーバスな民族だからさ。でも、同様に軍事力の行使には慎重な連中だ。原子炉を搭載したフネが、頭上を舞うということでいずれ抗議が来るだろうが、まさか人が乗ったフネを撃墜はしないだろう。ソウルへたどり着くまで、頭を低くしてやりすごすさ」

「でも、この次ジャップと戦争する時のために、少しでもアナハイムが日本の軍隊を叩き潰してくれるといいのにね」

「俺は賛成できないね。今や最良の半導体チップは日本からやって来る。日本の半導体産業が壊滅したら、パソコンは今の倍の値段になるぜ。そんなことより、リンダ。これからどうするんだい?」

「しばらくジャップのことは忘れてゆっくりするわ。それに、ポークフライ先生のことも心配だし。ねえ、そんなことより踊りにでも行かない?」

「せっかくだけど、今夜はかんべんしてくれ。アナハイムがどうなるか心配だ」

電話口の向こうで、アリス・マクリーン議員の張りのある声が聞こえた。何度かフラクタルという言葉を聞き取ったが、アルコールのせいで重たくなったリンダの頭は、さして注意を喚起することもなかった。

リンダは、むしゃくしゃした気分で、女友達に片っ端《ぱし》から電話をかけまくり、五番街裏のディスコへと繰り出した。

テレビは見なかった。タクシーに乗った時、ラジオがついていたが、ちょうどマクリーン議員のメッセージの二回目の再生が終わったところだった。

リンダは、マクリーンからのメッセージを完全にロストした。聞いていたら、アナハイムの延命措置を許したかと言えば、たぶん許さなかった。彼女は、今そんな気分じゃなかった。


アナハイムが数時間しか飛べないという事実と、それが日本へ向かっているという事実で、日本はパニックとなり、ワシントンへ波及した。日本政府は、撃墜という表現は避けたが、アメリカ政府に対して、速《すみ》やかなる善処を要請した。

航空自衛隊は、すべての戦闘機のウォームアップを開始したし、三沢からは、サイドワインダーを満載した米軍のF―16戦闘機が出撃し、嘉手納からはアムラームを搭載したF―15イーグル戦闘機も飛び発った。

海軍艦艇からの迎撃も検討されたが、アナハイムは、慎重に海軍の戦闘艦を避けて飛行していることが解って断念された。

ファクトリーは解決策を見出さず、アナハイムがジャミングを続けるせいで、艦上の二人は、外界と連絡がとれない状態が続いていた。

6章　マーベリック

外務省領事作戦部を指揮する鳴海審議官は、アメリカ空軍人名録を引いて、アッカーマン将軍の空軍士官学校時代の同期生が横田《よこた》基地司令官として赴任《ふにん》していることを突き止めると、こちらの条件を伝え、必要な情報のすべてを伝えるよう要請した。

むろん、もしこちらの要請が受け入れられない場合、領空に侵入した時点で、あらゆる犠牲を払ってでも撃墜するだろうと脅《おど》すのを忘れなかった。

今では、アッカーマンと星ふたつの階級の差がついた准将は、しぶしぶアッカーマンと連絡をとることを受け入れた。

アナハイムでは、三〇分間続いていたジャミングが途切れた隙《すき》を衝《つ》いて、ファクトリーとの通信回線が繋がった。

「すさまじいですよ、博士。なにしろ、艦の周辺では通信すらできなくなる。こいつは健康にいいシステムとは思えないですな」

「もしNOVAが機能を停止したら、キャビンの鍵はやはり開かないぞ。賢明な提案とは思えないのだがね」

「万一通常フライト中に、NOVAがクルーを閉じ込めたまま停止したら、どうするつもりだったんです？」

「そんなことはあり得ない。誰かが外にいるからね。NOVAにアクセスして解除できる」

「たいそうなシステムだ」

「だが、君たちの提案は熟考に値《あたい》するかもしれない。もう少し調べてみるよ。炭酸ガス消火剤をぶちまけるのだけはやめてくれ。ガスがキャビンに回って、クルーが窒息死する恐れがある」

「ええ、解っています」

「機体が破壊された兆《きざ》しはないかね？　妙な振動があるとか？」

「いいえ。まったく変わりありません」

「君らは、ついさっき、海軍による三〇発からのミサイル攻撃を浴びた」

「たった三〇発ですか？　アナハイムの防御《ぼうぎょ》システムが相手では、かすりもしないですよ」

「ああ、プラウラーが発射したHARMミサイルがいいところまでいったんだがね、全部レーザーとバルカン・ファランクスに叩き落とされた。そちらの防御兵器は、だが確実に減ってはいるよ。全体的に、一〇パーセント程度は弾薬を消耗させたと思う。

もっとも、接近しすぎたプラウラーが一機撃墜され、たぶん二名が死んだ」

「空軍は何をやっているんです？」

「ハワイからも二個飛行隊程度が付かず離れず追尾しているよ。だが、この連中が搭載しているのは、どれもアムラームやスパローといった中射程のレーダー・ホーミング・ミサイルだからな。たぶん使い道はない。F―14によるフェニックスの攻撃は有効でないことが解ったので、ミサワとオキナワから、サイドワインダーやマーベリックを抱かせたF―15とF―16が飛び発《た》った。カール・ヴィンソンに帰還するボム・キャット隊やホーネット隊も、マーベリックを積んで離陸する。それで、たぶん九割がたミサイルやバルカン・ファランクスは潰せると思う」

「こちらのミサイルが枯渇したら、攻撃はやむんでしょうね？」

「確約はできない。すでに、アナハイムの燃料が枯渇して、日本のどこかに墜落するであろうことは、公《おおやけ》になっている。われわれは攻撃を躊躇《ためら》っても、海上で日本が撃墜するかもしれない。すでに、スペクター攻撃機が飛び発った」

「スペクターで？　阻止《そし》してもらえるんでしょうな」

「ああ、たぶん偵察任務のためだと思うが、もちろん阻止する」

通信が終わると、「皮肉だな……」とチェンバレンは呟いた。

「クルーの家族は、誰ひとり、われわれがアナハイムに乗っていることを知らない。

日本は、アナハイムを撃墜するかな?」

「彼らは核に敏感な民族ですからね」

サワコ・アップルトン大尉は、危険作業デッキ前の通路の壁に、マジックでアナハイムの断面図を描きながら、興味なさそうに言った。

チェンバレン艦長は、すでに諦観の境地だったが、サワコは、最期の瞬間まで諦《あきら》めるつもりはなかった。


ブルドッグのコーパイ席に座る歩巳麗子が、陽光を反射した銀翼を、右翼前方にいち早く見つけた。

米軍の戦闘機かと思いきや、スピードは鈍く、単機での接近だった。

「哨戒機かしら?」

「空母搭載の輸送機だろう。グレイハウンドとかいう」

グレイハウンドは、ブルドッグのはるか前方でコースをターンし、ブルドッグと同じ高度に乗り、同じくアナハイムへのコースをとった。

「こちらは、レッド・ドッグのオッペンハイマー中佐だ。スペクター攻撃機、ランデブーを要請する」

突然の通信に、二人は面喰らった。

「レッド・ドッグって何よ?」

「レッド・ドッグ⁉　レッド・ドッグかよ……。アメリカ空軍にある、特殊作戦チームの名前だよ。気分がよくないな。問答無用にランデブーしろなんて」

飛鳥は、ほんの少し北寄りにコースを変えた。

「スペクター、ランデブーを要請すると言っている！　コースをそのままで維持しろ」

「占領軍気分丸出しの奴じゃないか。適当にあしらってやんな」

麗子は、会話をメモするために、ニーパッドに止めたメモ帳を出し、周波数を合わせて無線のスイッチを入れた。

「こちらは航空自衛隊。ランデブーしろというのはどういう意味か？　当方は航空自衛隊の指揮下にあり……」

「通信士なんかじゃなく、機長を出せ！　あるいは指揮官を！」

「私はスペクターのコーパイロットで、ある程度の指揮権を有する者です。多忙な機長に代わり、貴方との通信を命ぜられました。そちらの意図は何です。失礼じゃありませんか⁉」

「ランデブーして、私がそっちへ乗り込む」

「乗り込む⁉　どこでですか？」

「わからん女だな。付近に滑走路はない。空中給油の要領で乗り込む以外に手はないだろう」

飛鳥は、麗子のヘッドセットに顔を近づけて「バカか⁉ お前は」と怒鳴ってやった。

「レッド・ドッグは、バカ呼ばわりされることを名誉と感じる。私が君たちのスペクターに乗り込むことには、何の障害もない。早くキャビン気圧を抜きたまえ。私を受け入れることが、アメリカにとっても日本にとっても利益になる。だいたい君らはアナハイムへのアプローチ方法も知らんくせに、海軍に撃墜されるのがおちだぞ。パイロットがまともな技量の持ち主なら、怪我せずに私は乗り移れる」

飛鳥は、オーケーだが指揮権を行使させるつもりは毛頭《もうとう》ないと伝えて、抵抗を減らすため速度を失速ぎりぎりまで落としながら、全員に酸素マスクを装着させてキャビン気圧を抜き始めた。

C—2グレイハウンドは、喘《あえ》ぐようにハーキュリーズの背後へ回り込むと、上空二〇メートル上をフライパスし、空中給油のポジションについた。

「さすがは空母パイロットだな。輸送機パイロットですらいい腕をしている」

左翼側のドアが開いて、ゴワゴワの奇妙なフライト・スーツに身を固めた男が飛び出した。

頭の後ろから覗くロープがピンと張りつめた瞬間、グレイハウンドの機体が、一瞬左翼方向に沈み込み、ひやりとさせられた。

オッペンハイマー中佐は、体の前面をブルドッグに向けながら、器用に両手のフィンを操《あやつ》り、機長席を掠めると、ほんの一〇分もせずに、コクピット背後のハッチに取り付いた。

張りつめていたロープが解除されると、グレイハウンドは、ロールを打ってブルドッグの視界から消えて行った。

飛鳥は、ドアを閉めてキャビン気圧を上げさせると、沼田二曹に、フライト・スーツを脱ぐのを手伝わせた。

大柄なオッペンハイマーは、スーツを脱ぎながら、このスペクターの武装について尋ねた。

「ブルドッグって言うんだ。スペクター・ガンシップのH型だが、装備はH型とU型の中間ぐらいに位置すると考えてくれ。入れ物と武装はH型だが、センサーやFCSはU型だ。キャビン気圧も問題なし」

「燃料は？」

「アナハイムとランデブーして、たぶん韓国まで飛べる」

「オーケー、補助シートに座ってもいいかい？」

「いいニュースを持って来てくれたんならな」

「グッド・ニュース……。こっちが聞きたいね」

オッペンハイマーが背後から差し出す右手を、飛鳥は左手で受け取った。疲労のせいか、目の下に隈《くま》を作っていた。

「オーロラで突っ込んだんだ。だいぶ健闘したんだがね、一〇名の部下ごとオーロラが吹き飛ばされた。私だけが助かり、いい線いったんだが、酸素不足で致命的なミスを犯して失敗した」

中佐は、アナハイムへの接近から、ロープがエイト環をすり抜けたところまで、細部にわたって説明してくれた。

「アナハイムは本当に日本上空で燃料切れに陥《おちい》るのかい？」

「ああ、間違いない。アナハイムのキャビンじゃ、カウントダウンが始まっている。だから、その前にクルーを救出しなきゃならない」

「こいつでもオーロラと同じことができると思うかい？」

「ハーキュリーズの実用上昇限度は？」

「三五〇〇〇フィート。あの高度であれこれ動くのは、正直なところしんどい」

「われわれと同じ方法でアプローチできる。雲の中で、センサーを使ってね。そのあとは、たぶんオーロラより楽なはずだ」

「どうして？」

「オーロラの使用には、唯一問題があった。エンジン排気をまともに浴びるせいで、機体の真後ろへの脱出は危険を伴《ともな》うし、フライング中のコントロールが効《き》かない。だから、どうしても高度をとってアナハイムに降下する形でコマンドを降ろさなきゃならなかった。ハーキュリーズなら、デッキに着陸してリア・ランプから降りられる。

「なるほどね。だけど、楽だという表現には賛成できないな。プロペラが巻き起こす

ジャンプせずに、颪を受けてデッキを後方へ降りて行けばいいからな」

噴流だって相当なものだぜ」

「たぶんな。最低限の装備は持って来た。君たちに迷惑はかけないよ。二度も同じ失敗は繰り返さない」

「そういうことなら、協力しないでもないが」

ブルドッグは、アナハイムとのランデブーに備えて、高度を上げ始めた。

ポークフライは、NOVAの起動画面に現われたメッセージを読んで確信を得た。

最初は、ささいな疑問だったが、今では確信に変わった。

《人は危機に陥《おちい》ると最悪の選択をする》

数千回目のアクセスでポークフライを歓迎したのは、そのマーフィの法則だった。

ポークフライは、メモ帳を繰《く》って第一容疑者のアパートへ電話をかけた。一〇分の

間をおいて二度もかけたが、話し中だった。パソコン通信に入っているのは間違いなかった。第二容疑者は不在だった。

ポークフライが電話をかけている間、二〇分という貴重な時間が失われた。

「将軍……」

ポークフライは、思い詰めた表情で口を開いた。「たぶん、犯人を見つけたと思う。私のゼミの学生です」

アッカーマン将軍は、一瞬きょとんとした反応を示した。

「犯人？　君のゼミ？……」

「ええ。ミスター・フラクタルは私のゼミの学生です」

将軍は、呆然としながら、椅子から腰を浮かせた。

「学生⁉　学生が乗っ取ったのか？　アナハイムを」

「はい。私のゼミの学生です」

ポークフライは、事情がよく飲み込めない将軍に向かって席を蹴りながら声を上げた。

「私のゼミの学生が、アナハイムを乗っ取ったと言っているんです！」

「どうして⁉　どうして学生なんかが……」

「理由は解りません。しかし、私のゼミの人間に間違いありません」

「どうして？」

「コマンドプロンプトを書き換えて他人のアクセスを阻止する方法は、私がハッキング防止方法として生徒に教えたものです。それにアクセスするたびに現われる歓迎メッセージのいくつかは、私の講義での口癖です。人は危機に陥ると最悪の選択をする、とかね。私のゼミの人間以外あり得ない」

「そいつはどこにいる？」

「第一容疑者は間違いなく自宅にいます。ただし電話は通じません。すぐＦＢＩを急行させてください。第二容疑者は不在みたいですが」

「どうしてその二人が怪しいと思うんだ？」

「第一容疑者は、ペンタゴンのネットワークへしばしば無断侵入を繰り返した過去があり、ＦＢＩのハッカーリストにも載《の》っています。もうひとりは、昨日学校を辞めたと聞きました。いささか問題児でした。二人とも、ＮＯＶＡの調整を手伝ってくれました」

「ＮＯＶＡの調整を学生なんかに⁉」

「私ひとりでやれば、一年はかかった作業を半年で片付けたんです」

「そんな話は聞いてないぞ」

「いいえ。作業に助手を付ける件は口頭で報告しました。あのころ貴方は、アナハイムを離陸させるのに躍起《やっき》でしたから、国防上の思想チェックは無視してかまわないと私に言いましたよ」

アッカーマンは、副官のエイボーン大尉にメモをとらせて、ＦＢＩに通報させた。

「奴らは何が望みだ？」

「エイドリー・ウォーケンが犯人なら、単なる愉快犯です。リンダ・コースペックが犯人なら、ちょっとやっかいですね」

ウォーケンの手口なら、ポークフライは、熟知していた。だが、リンダがハッキングするほどコンピュータにくわしいとは知らなかった。彼女の能力に関しては未知数だ。

「リンダは気分屋です。自制心に欠け、情緒不安定なところがあります」

「コースペックっていう名前はどこかで……」

「コースペック・グループのじゃじゃ馬ですよ。出自が彼女の性格を歪《ゆが》めたんです」

たまたま二人きりになった教室で突然コカインを勧《すす》められたり、ポークフライも持て余しぎみの生徒だった。

「なんでそんな奴らにＮＯＶＡなんか触《さわ》らせたんだ？」

「ウォーケンは単純に優秀だったからです。ペーターゼン先生が亡くなり、貴方がＮＯＶＡの調整で私を呼び付けたのは、キャンパスが夏休みに入った直後で、ほとんどの学生は帰郷するか、何かアルバイトに精を出していた。他にリンダしか捕まらなかったんですよ」

ポークフライは、もう一度リンダとウォーケンのアパートに電話をかけた。相変わらずウォーケンは話し中、リンダは不在だった。

ウォーケンなら、たいしたことはないとポークフライは思った。だが、もし犯人がリンダなら、相当にやっかいなことになる……。


レッドリッパーズのボム・キャットは全機マーベリック装備、トム・キャッターズは、サイドワインダーを装備して、小さな雲の向こうに犇《ひし》めき合っていた。

F―14Dが優先されたため、ホーネット隊はまだ到着まで三〇分近くかかるはずだった。

ブルドッグは、二二機のF―14Dが待ちかまえる空域にようやく到着した。

右手から、アナハイムが接近してくると、ブルドッグは三五キロほどの距離をおいて伴走に入った。

残念ながら、アナハイムにアプローチできるだけの時間を稼いでくれそうな厚い雲は、付近になかった。

飛鳥は、双眼鏡を持ち出して、まだ小さな目標にすぎないアナハイムを観察した。

「信じられないな……。こんなものが空を飛ぶなんて」

「われわれは六〇年代、一〇〇トンものロケットを打ち上げた。九〇年代の技術をもってすれば、数万トンの飛行機を離陸させることなど造作《ぞうさ》はない。現に八〇年代は、プラットフォームとしての、民間用母機がさかんに研究されていた。民間旅客機は、地上への離着陸でかなりの時間を喰われる。空中のプラットフォームでいったん乗り換えれば、航空路を整理でき、空港の混雑も緩和《かんわ》できるからな。要は、やる気とアイディアだ」

オッペンハイマーは、いささか誇らしげに解説した。

「このハーキュリーズ・クラスでも離着陸できるのかい？」

「もちろん。空母上で離着陸が可能なすべての航空機が運用可能だ。現に、クルーや備品の補給はハーキュリーズで行なっている。C—17クラスでも、ウェイトが軽ければ離着陸できる」

「離着陸は難しいのかい？」

「いや、空中給油より簡単だ。なにしろ、速度さえ同調できれば、滑走路はほぼ無限の長さにできるからな」

下方から上昇して来たEA—6Bプラウラー二機が、編隊のアナハイム寄りで、きらきら光る物質を長い帯のように放出し始めた。チャフ・コリドーを作って、攻撃機の編隊を守るのだ。

　アナハイムのジャミング・システムの起動を防ぐため、すべての作戦は無線封止下で行なわれることになっていた。

「アナハイムは攻撃しないのかい？」

「あらゆるシステムも完璧じゃない。アナハイムはアクティブな攻撃にしかレーダーは使わない。自分の姿を露呈することになるからな。通常は、赤外線捜索追尾装置《ＩＲＳＴ》がレーダーの役割を果たす。だから、雲の陰に潜《ひそ》んでいれば、悟《さと》られることなく接近できる。アメリカ空軍は、東ドイツ崩壊後に入手できた東独空軍のミグ29フルクラムからじつに多くのことを学んだ。その最大の収穫が、ＩＲＳＴだったんだ。模擬戦をやると、西ドイツ空軍の猛者《もさ》連中が操縦するファントムやトーネードが、たいした性能でもないフルクラムのＩＲＳＴに狙われてバタバタと撃墜されたよ。われわれがイーグルで乗り込んで行っても、歯が立たないことがしばしばあった。従来、ＩＲＳＴに関しては、レーダー波投影面積《ＲＣＳ》を増大させるし、レーダーほど確実じゃないといった理由で、西側はその搭載に否定的だったんだが、あれでいっきょに評価が変わった。とにかく、レーダーで捕捉すると、あとはＩＲＳＴでしつこく追尾して来るんだ。ドッグファイトであれほど有効なものはなかったよ。だから、アナハイムは、旧ソヴィエトの戦闘機思想の影響を色濃く受けたんだ。たとえば大出力のレーダーや、ジャミングは、ミグ31の影響だ。とにかく、出力さえ上げれば遠くまで見通せる。電子妨害にも強いとくるからな。IRSTが目標を探知するまでは、いかなるレーダー発信もしない。目標を探知しても、それを脅威だと判断しないかぎりは、動かない。たぶん、このブルドッグはアナハイムのIRSTに捕捉されているが、攻撃やレーダー照射は受けないだろう。なにしろアムラームの射程外だからな」

ボム・キャットが、積乱雲の隙間からいっせいに顔を出すと、マーベリック・ミサイルを次々と発射し始めた。各機八発のマーベリックを搭載していたが、全弾発射するのに三〇秒近くを要した。

合計九六発のミサイルが発射されるシーンは壮観だった。

「何発が命中すると思うね？」

「二発ぐらいかな」

アナハイムが、サイドワインダー・ミサイルを発射して迎撃する。

「これで、サイドワインダーを半分は空《から》にできる」

直後に、アナハイムは自機の前方へ向けてフレア・ロケット弾を発射した。一〇本近いロケット弾は、アナハイムの前方数百メートルで破裂すると、花火のように、各自が数十本の光の帯を作った。

「アナハイムは、光学系照準ミサイルの攻撃を想定していない。たぶん、サイドワインダー・タイプと勘違いしたんだ」

数十発がサイドワインダーによって叩き落とされたが、サイドワインダーのカーテンを突破したミサイルの数のほうが圧倒的に多かった。

だが、その次に起こったレーザーとバルカン・ファランクスの攻撃はすさまじかった。

次々とマーベリックが爆発して、まるで、発煙筒でも焚《た》いたみたいに、アナハイムの前方にモクモクと巨大な雲が湧《わ》き上がった。

「ええい、クソ！」

オッペンハイマーが呻いた。

「あれじゃ無理だ。そこいらじゅうがマーベリックの破片だらけで、後ろから突っ込んだ奴も破片のカーテンに阻《はば》まれて到達できない」

「いいじゃないか。無傷のまま、アナハイムを無力化できる」

続いて、トム・キャッターズがサイドワインダーを発射した。こちらは総計八〇発近く。

アナハイムは、こらえきれなくなったのか、レーダーを発信し始め、次々とアムラームを発射した。

「本当に、コンピュータが攻撃しているのかね？　感情と意思を持った人間が操作しているように思えるが」

「それが、アナハイムを動かすＮＯＶＡの優《すぐ》れたところさ」

アナハイムが回避行動をとって、じょじょに左舷へ旋回降下し始めた。長い尾っぽ部分が、まるでイトマキエイが旋回するように、優美な曲線を描いた。

「いかん、こっちへ来るぞ」

飛鳥も、ゆっくりと機体を左旋回させた。サイドワインダーが、マーベリックが爆発した名残《なご》りの熱を標的と勘違いして次々と突っ込んで行く。どれも最大射程で発射されたせいで、ロケット燃料が尽きると、一瞬フラフラした後、まっ逆《さか》さまに海面へと落下し始めた。

それを追うように、バルカン・ファランクスとレーザーが発射され続けた。逃げ遅れたトム・キャッターズのトム・キャット二機が、アムラームの餌食《えじき》になり、パラシュートの花が空に開いた。

「帯《おび》に短し、襷《たすき》に長しというところね」

麗子は、その顚末《てんまつ》を眺《なが》めながら評して言った。

「単機による攻撃はまったく無意味だけど、攻撃機が多ければ多いで弊害も出てくる。作戦が必要なようね」

「大丈夫。これでたぶん、バルカン・ファランクスの弾《たま》数を相当減らせた。サイドワインダーも、累計で五〇発は使い切ったはずだ」

「あと何発残っているんだい？」

「サイドワインダーだけで一五〇発」

「気が遠くなるような数字だな」

「あと五波もかければ、サイドワインダーだけは枯渇させられる。バルカン・ファランクスは、ああやって破片や役立たずのミサイルも追ってくれれば、あと一波で弾切れになるだろう」

アナハイムは、敵の姿が遠ざかるまでレーダーを照射し続け、カール・ヴィンソンの編隊が五〇キロ以上離れたところで、元のコースに戻った。

その時には、すでにホーネットとイントルーダー隊が背後に接近していた。


ソーホーにほど近い、安アパートの一室で、エイドリー・ウォーケンは、「ミリタリー・パラダイス」と名付けられた、軍の極秘情報をやり取りするパソコン・ネットで、戦闘機方面の連中とお喋《チャット》りしていた。電話が塞《ふさ》がっていたのはそのためだった。

ただ、お喋りといっても肉声をやり取りするのではなく、パソコンの画面上で文字情報をやり取りするだけである。

だから、ドアと三階の窓をぶち破って侵入して来た連中が、「手を挙《あ》げろ！」と、あらんかぎりの武器を突きつけた瞬間を、友人に伝えることはできなかった。

だが、幸い両手をキーボード上に載せていたせいで、ESC、シフト、ホーム・キーを同時に押すだけの余裕はあった。彼が自分でプログラムしたそのパニック・キーは、押された瞬間に、五〇〇メガ・バイトのハード・ディスク・ファイルの中身をすべて消してしまった。現実にはファイルの初期化には時間がかかるので、消したように見せかけ、当たり障《さわ》りのないソフトだけを表面に出しただけだが、もしハード・ディスクの中身を漏らさずチェックされたら、今度こそ連邦刑務所行きは免《まぬが》れないほど、ウォーケンは国家機密情報を溜め込んでいた。

何の容疑で押し入られたか察しはついたので、ウォーケンは、おとなしく両手を挙げ、次に床に伏せ、後ろ手に手錠を掛けられるのを黙って耐えた。


幸いなことに、ポークフライは、ほとんど間をおかずに、FBIからの連絡を貰うことができた。

「エイドリーをすぐ電話口に出してくれ」

エイドリー・ウォーケンの声はほとんど掠《かす》れ、よく聞き取れなかった。

「……、ポークフライ先生！」

「君がやったのかウォーケン⁉」

「先生……。俺の背中に二〇〇キロもありそうな大男が片足のっけて、ショットガンを頭に当ててるんです。肺が潰《つぶ》れそうで……」

「誰でもいい。彼を喋れる状態にしてくれ！　数十名の命が懸《か》かっているんだぞ！」

がさごそ音がして、ウォーケンがぜいぜい呼吸するのが解った。

「先生、俺なわけがないでしょう！　俺はハッキングはしても、人の命は傷つけない。国防総省みたいに、国連軍活動だとか言って、棍棒持った民衆を襲うようなことはしない！」

「手口は、間違いなく私のゼミの人間だ。しかも、アナハイムのことを知っているのは、君とリンダしかいないじゃないか⁉」

「リンダ⁉　ああ、なんてことだ。リンダが犯人なら大変なことになる。もし彼女が犯人なら、間違いなくアナハイムは日本で墜落しますよ。燃料があったって、ソウルへなんか飛びやしない」

「どうしてだ⁉」

「さっき彼女から電話を貰いました。彼女は呪っているからですよ。先生の研究資金を打ち切った日本企業、生活態度をうるさく注意し続けた日系人の生徒指導部長らをね。それにあいつふられたばかりですよ。退学届もそれが原因だと思ってましたけど。何をしでかすか解ったもんじゃない」

ウォーケンは、リンダとの電話での会話を再現してみせた。

「どこへ行ったんだ?」

「知りませんよ。あいつは葉っぱやらコカインやっているから、俺はリンダとは遊ばないことにしていたんです。女友達でも誘ってディスコへでも行ったんでしょう。マクジョージでも捕まえて訊けば知っているんじゃないですか」

「誰だ。マクジョージって?」

「統計学のほうのマクジョージです。つい昨日までリンダの恋人だった男ですよ。まあ、コースペック家の金が目当てだってもっぱらの噂でしたけど、生徒指導部長がリンダの父親にチクって別れさせられたんですよ」

「エイドリー。リンダは、NOVAを乗っ取るほどの技術を持っていたのか?」

「先生、女って奴はもともとコンピュータに向いているんだと思いますよ。こういう黙々と勉強しなきゃならないってのは、男より女向きですよ。男はすぐよけいなプログラムやハードに走っちゃいますからね」

「すまないが、FBIと一緒にリンダのアパートに行ってくれ。彼女が自宅からアクセスしていたのであれば、アクセス・キーワードぐらい見つけられるだろう」

「そりゃどうかな。リンダが、先生が言っていたことを忠実に守っていれば、マリア様の貞操のほうが、まだ破りやすいと思いますがね」

「とにかく頼むよ」

アッカーマンは、ほっとした表情で頭を掻いた。「海軍による攻撃をやめさせなければ」

「いや、待ってください。自信がない」

「犯人は見つかったし、犯人が使っていたパソコンもそこにあるんだろう？　もう出口はそこに見えている」

「私のコンピュータ防護方法は徹底しています。そのシステムを発明し、熟知している私ですら、同じ手段による他人のパソコンにはアクセスできないんです。彼女がそれを使っていたら、彼女以外、鍵を開けることはできない」

「なんでそういうシステムをＮＯＶＡに搭載しなかったんだ？」

「ＮＯＶＡは複数の人間がアクセスします。個人用の防護措置はとれない」

「あと三時間で東京を通過する。それまでに、なんとかするんだ」

日本の領空へは、その半分の時間で入る。そうなれば、日本政府がどんな選択をとるかは自明だった。日本の外務省から、協力するというメッセージを受け取りはしたが、アッカーマンは、露ほどもそんなことは信じていなかった。

イントルーダーは、薄くたなびく層雲の中からアナハイムへ向けてマーベリックを撃った。しかし、今度は、ボム・キャットの失敗をうけて、一個飛行隊が四〇発ずつの二波に別れての攻撃を行なった。

第二波の一発が命中し、アナハイムの左舷前方から黒煙が上がった。

だが、アナハイムは微動だにしなかった。

続いてホーネットによるスティンガーズがマーベリックの攻撃を行なう。こちらは命中はなかった。アナハイムがふたたびレーダーを起動し、サイドワインダーで武装したザ・ファースト・オブ・フリートは、攻撃を断念し、アナハイムの前方、アムラームの射程外へと脱出し、次の機会を窺《うかが》った。

ブルドッグは、気象衛星写真を東京から取り寄せた。層雲がしばらく厚くなるが、ほんの二〇分ほどで晴れそうだった。チャンスは今しかなかった。

スピードを上げてアナハイムの前方へと回り込む。アナハイム左翼のコクピット左側、四〇メートルほどの部分がかすかな煙を吐いていた。しかし、それは破壊部分に発生する乱気流が生み出す飛行機雲に近いもので、何かが燃えているわけではなさそうだった。

「前縁部は四層構造になっている。外側二枚が吹き飛んだぐらいじゃ、飛行にたいした支障はない。ＲＣＳが増大してレーダーに映る確率が増えるぐらいでね」

オッペンハイマーは、背後へ移る準備を始めながら、アナハイムを観察した。

「これで、せめてバルカン・ファランクスぐらい空《から》になっていてくれると嬉しいがね」

雲の中に入ると、アナハイムはすぐ見えなくなった。

オッペンハイマーは、フライト・スーツに身を固めると、アナハイムを呼び出した。

「こちらはレッド・ドッグ。アナハイム、聴こえたら応答してくれ」

「レッド・ドッグ⁉　無事だったのか？」

チェンバレン艦長の声だった。

「もちろんだ。部下の仇《かたき》は取らせてもらう。私は今、航空自衛隊のハーキュリーズ輸送機の中にいて、アナハイムに接近中だ。今度こそ、無事に乗り移り、全員を救出する。爆発の衝撃はないか？」

「どこをやられたのか教えてくれ。前方だということは解るんだが……」

「コクピットの四、五〇メートル左舷側だ。孔《あな》が開いているが、とくに支障はないと思う」

「了解した。われわれは危険作業デッキで待つ。幸運を祈る」

オッペンハイマーは、リア・ランプに立ち、気圧が外部に同調されていくのを待った。

飛鳥は、アナハイムがいると思われるコースより、やや右翼側を飛んだ。そうすれば、左翼にあるセンサー類も、兵装も使えるからだった。

「よし、みんな！　いつもと勝手が違うが、なんとか無事にやり遂《と》げようぜ。フル・アーマメント！　全員配置に就《つ》け！」

　飛鳥は酸素マスクをかぶり、ベルトを締め直し、次にクルー全員に声をかけた。

「センサー・コンソール。赤外線だけが頼りだ。向こうより先にアナハイムを見つけるんだぞ。一〇五ミリ砲は調整破片弾を装填。四〇ミリ・ボフォース砲は、発射速度を最大に上げておけ。こちらは徹甲弾装填。二〇ミリ・バルカンも合わせて使用する。すべて安全装置解除、チャフ・フレアも使用することになるかもしれない。高度がきつい。機関は細心の注意を払ってくれ」

　アナハイムが、雲の中に浮かんでいた。赤外線センサーが、巨大な物体を捕捉する。向こうにもこっちが見えているんだろうと思うと気味が悪かったが、太陽を背にしているぶん、いくらかはごまかすことができた。しかも、ブルドッグはターボ・プロップ推進で、ジェット戦闘機やミサイルほどの高温は発しない。

　飛鳥は、「リア・ランプ・オープン。ギア・ダウン！」とコールすると、機体をいっきに横滑《すべ》りさせて、アナハイムの左舷側デッキへと躍《おど》り出た。

　まるでアクロバット・チームが編隊飛行を組んでいるかのように、アナハイムのデッキ上二メートルの位置で、飛鳥はぴたりと降下をやめ、速度、針路を同調させた。

　だが、気流は乱れていた。ちょうど、破壊されたあたりの背後に当たるせいだった。

「足下に床があるなんて、ここが高度四〇〇〇〇フィートだってことを忘れてしまいそうだよ」

「よし、機長、もう五メートル左へ寄ってくれ。そこにハッチがある」

オッペンハイマーは、リア・ランプの上から、死んだフリックス中尉が仕掛けたプラスティック爆薬を見ることができた。ほんの六、七メートル先にあった。起爆用の雷管も突き刺さったままだ。

オッペンハイマーは、今度は地面に飛び降りるようにデッキに飛ぶと、ふたたびハンドルを掴み、ゆっくりとハッチがある部分まで下がった。ほんの二分で作業はすんだ。合図を送り、ロープを回収してもらう直前、二分でセットされた起爆タイマーのスイッチを入れた。

ブルドッグは、オッペンハイマーを回収しながら、デッキの中心軸へとゆっくり移動した。

ポンという小さな爆発が起こり、ハッチが吹き飛んだ。

飛鳥は、左翼の窓からその瞬間を確認すると、左へゆっくりと移動し始めた。前方で、何かが一瞬めくれ上がったような気がした。

「おい、何か見えなかったか？」

「え？　ここの前方視界、一〇〇メートルもないのよ。見えたかって訊かれても

「……」

麗子は、前のめりになって前方を窺いながら、首を傾《かし》げた。

ふたたびハッチ前に移動する間に、オッペンハイマーは、酸素ボンベを交換した。最初のようなトラブルを避けるために。

今度は、ブルドッグを降りて、ハッチのハンドルを掴んだ瞬間、ブルドッグからのロープを解除した。

「ブルドッグ、ロープを解除した。協力に感謝する。早くアナハイムから離れてくれ」

「了解。幸運を祈る」

ギアを上げようと、飛鳥が右手を頭上へと伸ばした瞬間、何かがブルドッグへと向かって来た。それは、何か棒状のもので、回転しながら飛んで来た。飛んで来たというより、発射されたと形容したほうがふさわしいような猛烈なスピードでブルドッグの下を通りすぎた。前方を睨んでいた麗子ですら、その全体の形状を把握する暇はなかった。

次の瞬間、オッペンハイマーの呻き声が響いた。

「レッド・ドッグ、オッペンハイマー、大丈夫か？」

返事はなかった。

「駄目です！　ヘルメットが割れてます。ロープが延びきって、割れたヘルメットから血飛沫《しぶき》が飛んでます！」

リア・ランプから砲手《ガナー》が報告した。

「ああ、クソ……。ここまで来て」

「破裂孔が、風圧のせいで、破壊が進んでいるのよ。その破片が飛んで来るんだわ。このスピードじゃあ、ライフルの弾丸並みよ」

「奴のボンベはどのくらい保つんだ？」

「もう二〇分ぐらいは保つんじゃない」

「雲を抜けるまでどのくらいある？」

「一〇分かそこいらかしら」

防寒服を羽織《はお》り、装備を身に着けるのに五分、外へ出てオッペンハイマーを回収するのに五分、アナハイムからの離脱時間がないが、オッペンハイマーのようにうまくやってのける自信はなかった。

「オッペンハイマーを回収する」

飛鳥はそう言うなりベルトを外した。

「何ですって⁉」

「オッペンハイマーを回収してアナハイムの中へ入る。俺が降りたら離脱しろ。雲の中から出るな」

「貴方は、いつもそうやって肝心な時になると機体を放り出す！　いいかげんにしてちょうだい！　もっと若いガナーにやらせればいいことでしょうに。それに、アナハイムのクルーを放ってわれわれだけ逃げ出すわけにもいかないでしょう？」

「そうキンキン金《かな》切り声出さんでもいいだろうが」

「だいたい、降下用の酸素マスクもなしにどうするのよ！」

「ある。鳴海さんがＨＡＬＯ作戦用のフラット・ボンベを四つも積み込ませた」

「あの人、こんなことばかりは、異常に用心がいいんだから……」

「機長、攻撃兵器を潰してからというのはどうです？」

沼田が提案した。

「まだ一〇分あれば、おおよその準備はできます。着替えてから、いったんコクピットに戻り、高度をとって、デッキ上の砲塔を潰してから降りれば、心配なくブルドッグをデッキに置いておける」

それもひとつの手だが、眠っているレーザーやバルカン・ファランクスをわざわざ起こすことになる。

だが、いずれそれらは脅威となるに違いなかった。

「その案に乗る。兵器を潰してからだ」

防寒着を着込み、下へ持って行く装備をいったん出して、ふたたびネットに固定してから、コクピットに帰った。

アナハイムを離れて鼻面を上げると、雲の切れ目はすぐそこまで迫っていた。恐ろしいことに、はるか前方には、優に五〇機を超える戦闘機群が犇《ひし》めいていた。

飛鳥は、アナハイムの右舷上空一五〇〇フィートほどに離れ、パイロン・ターンで、機体を四五度近くも傾けた。

最初は、生き残った右舷側のレーザーを潰す必要があった。それからバルカン・ファランクスだ。

雲が途切れた瞬間、レーザーの砲塔がポップアップして来た。

飛鳥は、左翼側のHUDを睨みながら、四〇ミリ・ボフォース砲を三発立て続けに撃った。レーザーが起動する前に、砲塔が吹き飛ぶ。安心する間もなく、バルカン・ファランクスの砲塔が上がってくる。ボフォース砲を二発撃って右舷側を潰す間に、左舷のバルカン・ファランクスが、二五ミリ砲を撃って来た。

機体後部に命中したが、左舷側の攻撃はほんの数発撃っただけだった。砲塔が動きはするが、弾は出なかった。

「弾切れだ」

飛鳥は、二〇ミリ砲でそれも潰した。弾着地点のほんのわずか右側で、オッペンハイマーの体が風圧に揺れていた。

雲が切れたせいで、あとは楽だった。

デッキに降りると、操縦を麗子に預け、命綱を身に着けてリア・ランプに立った。

これがせめて高度一〇〇〇〇フィートならと思った。マイナス二〇度の風圧に耐えられる自信がなかったので、酸素マスクから露出する頬を守るため、スカーフを二枚、マスクの上から被《かぶ》った。

酸素ボンベふたつに、プラスティック爆薬、ダイヤモンド・カッターと、数十キロの荷物で、まるで自分の体じゃないみたいだった。

「強盗みたいですよ、機長」

ガナーがケタケタ笑った。

「ボーナスは、俺だけ色付きで貰うんだからな」

空中に飛び出した瞬間は、まるで滝の中で首吊り自殺するかのような苦痛に見舞われた。

すぐさま、回転に陥る。飛鳥は、身を捩《よじ》り、両手を広げながら死にものぐるいで姿勢をとった。デッキに腰からぶつかると、まずオッペンハイマーが確保したロープを摑んだ。それにカラビナを噛ませて確保する。

爆破したハッチまで手が届いたが、風圧に押されるせいで、入るのもひと苦労だった。

二重ハッチの内側は無傷で、内側のスライド・ハッチは簡単に開いた。

這いつくばって入ろうとした瞬間、麗子の叫び声が聴こえた。

「急いで！　何かが剝《は》がれそうよ！」

顔を上げると、破裂孔の真上で、板切れ状のものが、風にはためいていた。

慌てて身を沈めた瞬間、頭上を黒いものが流れて行った。

オッペンハイマーのロープを手繰《たぐ》り寄せて、ハッチの中へと入れる。ハッチを閉める前、スイッチ類の注意書きを読んだ。

まず、円筒ハッチ内のランプを灯《とも》し、次にハッチを閉め、気圧を上げるためのエア・バルブを開放する。

バルブを開放すると耳がツーンと鳴った。オッペンハイマーの潰れたヘルメットやパラシュートを脱がして、マスクを外してやる。そして、自分のパラシュートも脱ぎ捨てた。

耳抜きができないオッペンハイマーの鼓膜は無事じゃすまないだろうが、今は中へ入ることのほうが優先した。

飛鳥は、ようやくウォーキー・トーキーを使う余裕ができた。

「アナハイムのチェンバレン艦長、聴こえたら応答してくれ！　私は、航空自衛隊のスペクターのパイロット、飛鳥少佐です」

「こちらチェンバレン。君らは撃墜しに来たんじゃないのか？　レッド・ドッグはどうした？」

「重傷を負っている。生きてはいるが、意識はない。私は今、そのオッペンハイマー中佐を抱えて左舷側のハッチに入ったところです」

「ハッチだって⁉　取り付いたのか⁉」

「そうだ。取り付いた！」

「ワォ！　了解した。すぐ迎えに行く」

バルブ・ハンドルの上に二個の気圧計があり、それが同調するあたりでドアを開けた。気圧に関するセフティ機構はなく、ずいぶんと簡素な仕組みだった。

足下にバルクハッチがあり、それを開けると潜水艦の司令塔を思わせるラダーがあった。

ハッチ内のラダーにロープを掛け、オッペンハイマーの体をまず薄暗い床に降ろした。続いて降りると、そこは小さな部屋になっていて、防寒ウェアやロープ、作業用の小道具が壁いっぱいに並べられていた。外へのドアは、案《あん》の定《じょう》開かなかった。

部屋には、とくに使えそうな道具はなかった。

ドアが激しく叩かれたが、会話はウォーキー・トーキー越しでないとできなかった。

「プラスティック爆薬を使ってこのドアを開けるには、またいったん外へ出なきゃならない。ダイヤモンド・カッターを使いたいが、どこを切ればいいんだ？」

「ちょっと待ってくれ、少佐。ええーと、ここからじゃファクトリーを呼び出せないんだ。君はハーキュリーズと連絡がとれるかね？」

「とれる」

「じゃあ、ええと、この状況を一番よく理解できるのは、海軍さんじゃ駄目だな。たぶんＫＣ—135がアナハイムの後部にいる。そいつを経由して、どこを切ればいいのか訊いてくれ」

「了解」

ブルドッグから、ＫＣ—135のニールセン少佐、ハワイと経由し、ペンタゴンにその要請が伝わるまで一〇分も待たされた。

サブ・オペレーション・ルームでリンダ・コースペック発見逮捕の吉報を待っていたアッカーマン将軍は仰天した。

「日本⁉　スペクターの乗員がハッチに取り付いただと⁉　ファクトリーのウレンゴイ博士を！　ポークフライ、ようやくこれで私の首もつながったよ。アナハイムも退役せずにすむ」

ヘッドセットを掛けるポークフライは、リンダのアパートに駆けつけたウォーケンと電話を繋《つな》ぎっ放しにして、作業に没頭していた。

嬉々としたアッカーマンを横目で睨みながら、ポークフライは、確信していた。リンダは、必ずどこかに論理の爆弾を仕掛けたはずだと。

飛鳥は、ブルドッグの麗子に対して、慎重に、二度復唱した。

「ハンドルの右側、ドアの境界から三センチ壁よりの、一五センチ上……。中の黒いコードを切断し、赤いコードとスパークさせる」

ダイヤモンド・カッターをその場所に当てた。力を入れないと、引っかき傷を作るのがせいぜいだった。刃を一枚駄目にして切れたのは、ほんの五センチの線二本だった。

「何だよ⁉　この壁。一ミリの厚さもないのに、いったい何でこんなに硬いんだ⁉」

「それが炭素繊維だ」

部屋にあった工具でケーブルを引っぱり出すと、黒いコードを切断し、赤いコードの被覆《ひふく》を剝《は》がしてスパークさせた。カチッという音がして、ロックが解除された。

ドアを開くと、チェンバレン艦長とサワコ・アップルトン大尉が抱きついて歓迎してくれた。

「あたし！　なんとなく日本人が助けに来てくれるような気がしたの！」

「アナハイムへの乗艦を歓迎する。合衆国大統領だって、こんなに歓迎はしないぞ！」

飛鳥はぐったりしていて、とてもまともには答えられなかった。

「艦長、ここへ来る手順を付けたのは、レッド・ドッグの連中だ。感謝するのなら、彼らに――」

「もちろんだ」

「すまないが、私はパイロットであってコマンドじゃない。高度四〇〇〇フィートで、高所作業するトレーニングは受けていないんだ。体が冷えきっちまって……」

「コーヒーなら、山ほどあります。テスト・パイロットの眼だわ！」

サワコは、飛鳥の瞳の奥を覗き込んで言った。

「たしかに。どうやらわけありの身の上のようだが、とにかく歓迎するよ」

「サムライの眼をしている、でいいよ。それが単純でいい。誉《ほ》めてくれなくたって」

飛鳥とチェンバレンが、オッペンハイマーをカフェテリアに運び出す間に、サワコは、熱いコーヒーを入れて待っていてくれた。

「君は、F―15F型をフェリーして来たんだって？　センスはいいようだね。たしかに、俺はテスト・パイロットもやっていた。イーグルのね」

「でも、協調性がなくて嫌われたんでしょう？」

「まさにそのとおり」

「この活躍で勲章ぐらい貰えるといいですね」

「そんなものより、アメリカ空軍がボーナスを出してくれることを望むよ。カリブ海あたりの二週間クルーズ・チケット付きでね」

「その程度ならおやすいご用だ。アナハイム用の機密予算から、豪華客船の一等船室をスペクターのクルー諸君にプレゼントするよ」

チェンバレン艦長が安請合《やすうけあ》いした。

「艦長、ぜひ私にもお願いします。二等船室でいいですから」

「ああ、むろんだ。実戦部隊への推薦《すいせん》状と一緒にアッカーマン将軍に出させるとも」

飛鳥は、コーヒーを冷えた体に流し込みながら、自分の装備を床にバラした。

オッペンハイマーの装備を取り出すと、三人は、まず十数本の強力なダイヤモンド・カッターやプラスティック爆薬が収まる整備備品および特殊武器庫の前に立った。

ドアも壁も特別厚いため、プラスティック爆薬でロック部分を破壊することになった。

自由と生還への第一歩が、踏み出されようとしていた。

7章　NOVA《ノヴァ》

飛鳥は、オッペンハイマー中佐が装備していた中継器《トランスミッター》をセットし、ヘッドセット・マイクと繫《つな》いだ。四個のヘッドセットを中佐は持っていたが、これでいちいち後部デッキまで行かなくても、ケーブルを引かなくても、艦内のおおよその場所から外部と連絡がとれるようになった。

ドアのノブの周囲にプラスティック爆薬を少量仕掛けながら、まずブルドッグを呼んだ。

「こちら、飛鳥。麗子、そっちはどうだ？」

「横は破片を喰らう恐れがあるので、ランウェイ上、二〇メートルほどで待機しているわ。いったいいつまでここにいればいいの？　手が痺《しび》れてきちゃったわよ」

「動かないことだ。ちょっとでも下から覗《のぞ》かれたら、腹側の攻撃兵器に殺《や》られる。クルーを助け出したら、ブルドッグをデッキに固定させるか、俺が脱出するよ」

ノブを破壊し、整備備品区画に入った。棚がびっしりと置かれた区画には、戦闘機の整備部品が整然と並べられていた。

「驚くじゃないか⁉　イーグルの整備品リストそっくりそのままだ。空白の整備中隊の倉庫とまるで同じ配置だ」

「そうだ。空軍の空母だからね、イーグルの二個小隊を一週間は養《やしな》えるだけの物資がある。航空燃料だけは別だが」

チェンバレン艦長ですら、棚の表示板を確認しないと目的の棚までたどり着けない様子だった。

「どうして？」

「結局、燃料が一番重いからね。だから、軍の警戒体制《デフコン》が上がらないと、必要とするぶんの燃料は搭載しない。エンジン調整や、ＮＯＶＡが緊急停止時に使用するための最低限の量しか搭載していなかったわけさ」

奥に、飛鳥が持ち込んだものより径が倍はあるダイヤモンド・カッターがずらりと並べてあった。

チェンバレン艦長は、それをカートに積み込みながら、ファクトリーを呼び出した。

「ファクトリー！　優先順位を教えてくれ！」

「こちらはウレンゴイ博士だ。まず整備クルーを出す。整備クルーに、残りのクルーのドアを破らせる。すべての作業はそれからだ」

「ブリッジやＮＯＶＡのコンピュータ・ルーム、あるいは主基機関室のほうが先じゃないのか？」

「慎重に検討した結果だ。ブリッジのドアの破壊は、ひとつ間違うと全デッキに急減圧を及ぼす恐れがある。NOVAルームのドアの破壊は、NOVAへのアクセスを意味する。今はまだ危険だ。機関室は、要するに原子炉の制御棒を抜くという意味だが、アナハイムの指揮権を奪還していない現状ではリスクが大きすぎる」

「了解した」

要するに、何もするな、触《さわ》るなということだ。

NOVAがカウント・ダウンを行なった。

《あと一時間三〇分で燃料がなくなります。一時間三〇分以内に、燃料を補給するか、アナハイムよりの退去を命じます》

「少佐、このスピードで一時間三〇分というと、どのあたりまで飛べるんだね？」

「たぶん東京までは飛べるが、東京をすぎると、とたんに偏西風が強くなるから、軽《かる》井沢《いざわ》までは無理だろうな」

カートを押して、まずハンティトン曹長らのデッキへと向かった。

「君はどうして危険を冒したんだ？　オッペンハイマーがやり遂げるという保証はなかったし、君にとっては自殺行為だった」

「パイロットだからさ。こんな化け物をみすみす撃墜することはない」

飛鳥は、当然のことよ、という表情だった。

ドア一枚のロック周囲を破るのに、二枚の刃をチャラにし、五分もかかった。

「そんなに分厚くは見えないのに、この頑丈さはいったい何なんだ⁉」

「超硬質炭素繊維は、一本の直径がミクロン単位でしかない。それをあらゆる方向に重ね合わせて板を作るんだ。プラスティックやチタン合金とは構造がまるで違う。プラスティックの壁なら最低でも三ミリかかる厚みが、一ミリ以下ですむ。しかも火災には強い。弾性があるから、機体の揺れが起こす微妙な捻《ねじ》れにも耐えられる。そしてチタン合金より硬い。成型は簡単。いいことずくめ。問題はコストだけだ」

顔を出したハンティトン曹長は、髭《ひげ》がうっすらと伸びていたが、意外と元気そうだった。

「よく頑張ってくれたアップルトン大尉！　アナハイムが実戦部隊を常駐させる時には、真っ先にあんたを指名させてもらうよ。サムライ・パイロットにも感謝しなきゃな」

曹長は、畏《かしこ》まった敬礼を飛鳥に示した。

「スペクターみたいな鈍重な機体で、アナハイムに乗り込むなんて無茶なお方だ」

「スペクターのパイロットは、戦闘機のようにハーキュリーズを乗り回すんだ。ノープロブレムさ」

飛鳥は残りひとつのヘッドセットを渡した。

「艦長、キャビン・デッキは、小僧どもに任せましょう。まずは、サブ・コンピュータ・ルームを開放して操縦だけでもなんとかしないと」

「もう一度雲に入りたいんだ。そうすれば、KC―135からの空中給油を受けられる」

「そうすると、引き返す以外にはないな。ここから東京までは、ほとんど晴天域だ」

「まず、サブ・コンピュータ。次にブリッジだ」

クルー全員がキャビンから脱出するまで、さらに三〇分を要した。


リンダ・コースペックの消息に関して、ペンタゴンに報告をよこしたのは、FBIではなく、ニューヨーク市警察の巡査部長で、場所は救急医療センターからだった。

「現金は抜かれていましたが、財布は持っていました。クレジット・カードの名前がリンダ・コースペックになっています。ええ、そこそこのおデブさんですな。医者の話では、死亡推定時刻は、三、四〇分前だろうということです。おそらくスピードか何かの即効性薬物の使用によるショック死だろうということです。うちではよくあるんですよ。そうやって心臓発作を起こした仲間を、病院前まで運んで捨てて逃げるってのは」

「何かメモの類《たぐい》は残してないかね？」

「ジーンズのポケットにあったのは、ライターと葉っぱと、財布だけ。バッグはなしで、財布の中にあったのは、本人名義のクレジット・カード五枚とＬＬサイズのコンドームが二つ。文字が書かれたようなものは何もありません」

「彼女はハンドバッグを持ち歩くような女じゃなかった。何も残さなかったということです」

ポークフライが、力なく首をうなだれながら言った。

「すまないが巡査部長、証拠物件はすべてＦＢＩに渡してくれ」

アッカーマンは、決断を迫られていた。三〇分以内に指揮権を回復するか、全クルーを脱出させてアナハイムを撃墜するか選択せねばならないのだ。

「さて、ポークフライ。決断しなきゃならない。脱出するか、バックアップ・コンピュータに賭けるかを」

「たぶん、論理の爆弾が仕掛けてあるはずです。サブ・コンピュータが、ＮＯＶＡからの信号途絶を確認して作動し始めたとたんに、トロイの木馬が姿を現わすでしょう」

「サブ・コンピュータには、何ができるんだ？」

「ほとんど何もできません。アナハイムを操縦する以外のことはね」

「じゃあ、問題ないじゃないか」

「リンダは何かよけいなプログラムを組んだはずです。せめて領域をチェックする時間が欲しい」

「そんな暇はない。やるべきことをやるぞ」

将軍は、ファクトリーのウレンゴイ博士の反対も押し切り、アナハイムからの脱出ではなく、指揮権の回復に賭けた。それが、軍人として当然採《と》るべき道だと考えたのだ。

作業班は、サブ・コンピュータ・ルーム、NOVAルーム、ブリッジと三班に分かれた。防寒服を着込み、なお操縦経験のある飛鳥は、当然ブリッジの作業班に加わった。

バルクドアを安全に開くため、二重構造の外側の壁を一枚だけまず破壊し、ごく少量のプラスティック爆薬を仕掛けて気圧同調を図《はか》ることになった。まずロック部分を解除してから作業に移る。

壁を爆破した瞬間、風が渦《うず》を作り、うっすらと靄《もや》が立ち込め、次には音を立ててデッキの空気が直径一〇センチほどの破裂口に殺到した。

命綱を付けた艦長が突進し、ドアを開けると、補修用のカーボン板を持った飛鳥が続いた。

クルーは、三人とも当直に就《つ》いたままの姿勢で倒れていた。

飛鳥が、カーボン板をエアコン・ダクトの送風口に押し当てると、ハンティトン曹長が周囲をパテと接着剤で塗り固めた。

デッキからの空気が環流し始めると、凍りついていた計器盤のガラスの裏に水滴が滲《にじ》み始めた。

副長のロドキン中佐は、キャプテン・シートに座り、小首を傾《かし》げて眠ったような状態で死んでいた。航海士は首から双眼鏡を下げ、床に倒れていた。たぶん、バーに腰を預けて眠ってしまったのが、何かの拍子《ひょうし》で倒れたに違いなかった。ＥＳＭレーダー監視員は、レーダー・コンソールのフードを抱き抱《かか》えるようにして死んでいる。艦長が、副長だけでも抱き起こそうとしたが、凍りついた身体はびくともしなかった。

「何をどう細工すれば、こう簡単に死ぬんだろう？　気圧変化は耳で解るはずだが」

飛鳥は、レーダー監視員の身体をどうにかコンソールから離そうと、もがきながら呟いた。

「二時間かそこいらの時間をかけて気圧を抜けば、そんなに頻繁《ひんぱん》に耳抜きするわけじゃないから、空気不足に気づくこともない。最初に送られて来るエアは、減ってはいたが、暖房されていたはずだ。気圧計で環境を監視するのはＮＯＶＡの役目だから、細工されれば気づきようもない。そもそも誰も気圧計なんか見ないからね。酸素不足だということに気づかずに寝入り、そのまま凍死したんだろう」

　NOVAルーム、サブ・コンピュータ・ルームが開放されると、全員が位置に就いた。

「みんなよく聞いてくれ。バックアップ・コンピュータが無事に働くという保証がない。全員いつでも脱出する覚悟でいてくれ。ウレンゴイ博士、始めますよ」

「了解した。NOVAのタワー2から出ているナンバー7のコネクタ、それからタワー8から出ている、同じくナンバー7のコネクタを同時に抜くんだ。それで、NOVAは外部への命令系統を絶たれるはずだ。そしてバックアップ・コンピュータに指揮権が移行する」

「よし、NOVA班、かかれ！」

　NOVAのコネクタが抜かれると、バックアップ・コンピュータが間髪《かんはつ》を入れずにブリッジのモニターに警告を発した。

《NOVAからのコントロールが途絶《とだ》えました。危険！　危険！　飛行不能！》

「飛行不能なわけはないだろう!?」

　画面が切り替わり、別のメッセージが現われた。

《原子炉が暴走中、コントロール不能！　コントロール不能！　左一号、右二号原子炉を投棄します。投棄五分前》

「なんだって!?」

「博士、どうなっているんです⁉　サブの分際《ぶんざい》で原子炉周《まわ》りをモニターしている」

「バックアップ・コンピュータに、機関部を監視する能力はないはずだ。何かのイレギュラーじゃないのか？」

　アッカーマンも叫んだ。

「艦長、舵は効《き》くのか⁉」

　アナハイムのパイロットが操舵輪《ホイール》を上下左右に動かしたが、まったく反応はなかった。

「駄目です。舵も効いてません」

　バックアップ・コンピュータが送って来る画面には、カウントダウンの時間だけが刻まれていった。

　飛鳥は、水平線を眺めていてアナハイムの姿勢が変化していることに気づいた。

「艦長、頭が下がっている。それに、左舷に傾いている。たぶん、被弾箇所が空気抵抗を作ったんだ。舵のコントロールが失われて、補正が行なわれていないせいだ。このままだと左きりもみ《スパイラル》に陥って空中分解するぞ」

「三分で脱出できるかな？」

　艦長は囁《ささや》くように呟いた。

「やめろ！　チェンバレン」

アッカーマンがまた怒鳴った。

「そんなことをしてみろ。アナハイムを撃墜できるという保証もないんだぞ。日本の陸地に放射能をバラ撒《ま》くはめになる！」

「もう一度、NOVAと接続します。いいですね？　ウレンゴイ博士」

「ああ、やってみたまえ」

NOVAのケーブルを接続すると、モニターにNOVA復帰のメッセージが現われた。

《NOVA復帰。カウントダウンを停止しました。――危険なお遊びはやめて、フラクタルの命令に従いなさい――》

リンダのメッセージ付きだった。

「ポークフライ⁉　何か考えろ！」

アッカーマンは、ポークフライの肩を叩いて訴えた。

「避難してさっさと撃墜すべきです！」

「アナハイムはわが空軍の夢なんだぞ！　だからこそ私は、ディズニーランドがある夢の土地から取ってアナハイムと命名したんだ。それを薬中毒の金持ちの娘なんかのオモチャにされてたまるもんか！」

「先生！　先生！　ポークフライ先生。手がある！」

　スピーカホーンから、リンダのアパートでパソコンと格闘しているエイドリー・ウォーケンが叫んだ。

「学生よ⁉　どんな手だ」

　アッカーマンが叫び返した。

「いいですか。バックアップ用のサブ・コンピュータの容量は知れています。NOVAの百分の一もない。アクセスできるのであれば、内部をチェックしてリンダが仕掛けたバグを排除できる」

「もし、リンダが、サブ・コンピュータにまで鍵を掛けていたらどうする？」

「フライト・ソース・コードのオリジナルは、ファクトリーにあるんでしょう？　光磁気ディスクですよね。ハード・ディスクぐらいは付いているんでしょう？　そいつを初期化接続して、圧縮して電送し、そこから起動するんです。そんなことも考えていなかったんですか⁉」

「私はそれどころじゃなかったし、ウレンゴイ博士は航空機のほうの専門だ」

　ポークフライはテーブルを叩いて訴えた。

「ウレンゴイ博士、可能ですか？」

「そんなリスクは冒《おか》せない！」

「やったじゃないですか⁉」

ウォーケンが叫んだ。

「アポロが制御不能に陥った時、再突入プログラムを組んでデバッグ作業なしに送ったことがあったじゃないですか！　何をくだらないことを。二〇年も前にやったことが、今できないはずはない。早く繋いでくれ！　衛星アンテナを確保して、こっちへ回線をひとつくれ。電話回線でいいんだ！」

「急げ！　チェンバレン。鍋《なべ》でもなんでもいい。衛星回線を確保して、サブ・コンピュータと繋ぐんだ！」


チェンバレン艦長は、クルーをふたつに割って作業を命じた。電子整備班は、衛星回線のダイレクトな接続作業に、航空整備班は、二基の原子炉の下に潜《もぐ》り、原子炉投棄用起爆ボルトの解除に。

「いずれにしても、燃料が足りない。サブ・コンピュータが使えるようになる前に、燃料が途切れる」

ポークフライが冷静に計算して言った。

「雲はないのか⁉　KC—135を接近させられるだけの雲は」

アッカーマンは、アナハイムに向かって叫んだ。

飛鳥は、双眼鏡でもって西の空を見遣《や》った。すでに日本の陸地がうっすらと見えていた。たしかに雲はない。何らかの作業が行なえそうなだけの厚さを持った雲は見えなかった。

「艦長、着艦した戦闘機に、デッキ上で給油する方法はあるんでしょう？」

「ある。だが、真にエマージェンシー用で、普通は後尾ブームから行なう。しかも、そいつはNOVAがコントロールしている」

「デッキ上の奴は、完全人力というわけですか？」

「そうだ。ホースを引っ張り上げて、普通に給油口に接続する。この高度とスピードでは無理だよ！」

「私のハーキュリーズから燃料を吸い出しましょう。ほとんど全部ね」

艦長は首を振った。

「知っているだろう。地上ですら、ホースは肩に担《かつ》がなきゃならない。こんな高度での巡航飛行中では無理だ。しかも、ハーキュリーズをデッキに固定できないじゃないか？　さらに、燃料を抜いたハーキュリーズはどうする？　アナハイムから離れたが最期だぞ」

「大丈夫、ほんの小さな雲さえあればいい。それを壁にハーキュリーズは滞空し、KC―135の到着を待つ。ほんの一、二〇分飛ぶだけの燃料があればいい」

「君のコーパイの腕はたしかなのか？」

「もちろん、実戦経験あり。キャリアだけなら、アップルトン大尉と勝負できる。すこぶる優秀です」

「艦長！　とにかく、燃料の問題は避けて通れないですよ」

　ハンティトン曹長はその計画に乗った。

「ハーキュリーズの燃料を全部貰っても、飛べるのは一時間かそこいらだ」

「やらないよりはましですよ」

　アップルトン大尉も賛成した。

「曹長、誰か付けてくれ。アップルトン大尉にも手伝ってもらうぞ」

　飛鳥は、ダイヤモンド・カッターや酸素ボンベ、簡易バーナー、ロープを担いで、コクピット背後のハッチ・ルームに入った。そこは、後ろのハッチと違い、まったくの脱出用ハッチで、三人も入れば身動きがとれなくなる。飛鳥はアップルトン大尉、シムズ伍長とともにハッチに入った。三人は、耳抜きしながら、減圧作業に耐えた。

　サワコはもう、正直なところフラフラで、気力だけで保《も》っている状態だった。減圧と加圧を数十分置きに行なっているせいだった。

「大尉。まず、酸素の残量に気をつけること。シムズ伍長は、燃料ホースの場所を教えてくれ。二人に入ってもらったのは、私が作業を終えたあと、ロープを引っ張って回収してもらうためだ」

飛鳥は、ロープを小脇に抱えて空中に躍《おど》り出た。

「ちょっと機長！　何やってんのよ⁉」

飛んで行く先にブルドッグがいた。

「見て解らないか？　別に飛び降り自殺しようというんじゃない。ブルドッグの燃料を抜いてアナハイムに移す」

「冗談はよしてよ！　ブルドッグを固定できないのに、どうするのよ⁉　それに、忘れていない⁉　こっちにも人は乗っているのよ」

「その……、いろいろ考えているんだが……」

飛鳥はまた回転状態に陥りそうになって呻いた。「あとにしてくれないか……」

給油ホースにたどり着くと、「気圧差に注意せよ」と注意書きがあった。

「シムズ伍長、このパネルの下は加圧されているのか？」

「いいえ。そいつは、気圧差でホース内に残った燃料が噴出する恐れがあるので気をつけろという意味です。だいたいは揮発《きはつ》したあとです」

飛鳥は、パネルを開け、ホースを引っ張り出し、右腕に抱えた。

「よし、優秀なるブルドッグのコーパイさん。俺の真下一メートルに、給油口が来るよう機体を操《あやつ》ってくれ」

「そんなこと言ったって⁉……」

「君がやってくれなきゃ、庭先に原子炉を落とすはめになる」

麗子は機長席から、風に翻弄《ほんろう》されて必死に耐える飛鳥を見た。一〇メートルと離れていなかった。

こういう無茶を、顔色ひとつ変えずにやってのける人間は、残念ながら上級職試験を受けて入って来た霞ヶ関《かすみがせき》の利権屋役人どもにはいない。

麗子は、微妙に機体を操り、一〇センチ刻みで移動させていった。

「どうしたい？　お嬢さん。俺なら五センチ刻みで動かしてみせるぞ」

飛鳥は、本当に五センチ刻みの作業をやってのける男だった。

「黙っててよ！　こんな高度でハーキュリーズを思いどおりに動かせるパイロットなんて、あんた以外にいるわけがないでしょう」

飛鳥が真下へとくぐってゆく。ほんの三メートルもずれたら、プロペラに吸い寄せられてバラバラだ。

「よーし！　取り付いた」

給油口の蓋《ふた》は、案《あん》の定《じょう》凍りついていた。簡易バーナーを電子ライターで点火させ、蓋を直接暖めた。蓋を外《はず》し、バーナーを捨てる。そしてホースをコネクトさせた。

「吸い出せ！」

しばらくすると、燃料が逆流する音が聞こえて来た。飛鳥は、その間にボンベを一本捨て、予備に交換した。

「さてと、ブルドッグ。前方に雲はないか？」

「薄くはあるわよ。だけど上昇離脱できるほどじゃない。ほとんど、すじ雲ね」

「そいつに突っ込んだ瞬間、離脱して、アナハイムに見えないよう雲に沿って飛べ。あとはKC―135に給油してもらえばいい」

「あんたはどうするのよ？」

「俺はこのフネが気に入った。それに、日本の領空を離脱するまでは、誰か乗っていたほうがいいだろう。なにしろ人手不足なんでね」

「ああそう。勝手にしてちょうだい。私は小牧《こまき》に帰らせてもらいますからね」

「そうしてくれ」

エンプティ警告が点灯する寸前で、飛鳥はホースを抜いた。漏れた燃料がスリット部分に沿ってアナハイムの後尾に達し、高温のエンジン排気に触れて小さな爆発を起こした。

「よし、大尉、回収してくれ！」

アップルトン大尉とシムズ伍長が飛鳥を引っ張り始めたとたん、アナハイムの姿勢が変化した。一瞬、ブルドッグが上昇したように見えたが、飛鳥はしっかりブルドッグのエレベーターを見ていた。エレベーターは動いていなかった。ブルドッグが上昇したのではなく、アナハイムが降下し始めたのだ。

「アナハイムが、たぶん東京かどこかを目指して降下を始めた。中層にも雲はあるか？」

「あるわ。だいぶ先だけど」

「じゃあ、そこまで頑張って尾《つ》いて来い。いい訓練になる」

飛鳥は、麗子に向かって手を振りながらハッチへと消えて行った。

ポークフライは、サブ・コンピュータのハード・ディスク上に偽装ファイルをひとつ見つけたが、それが何の作業をするためのものかは解らなかった。

同じ作業をしているウォーケンもひとつ見つけていた。それらが論理の爆弾の引き金を引く恐れがあったので、ファイルの削除はしなかった。

「ウォーケン、もう駄目だ！　ハード・ディスクを初期化しよう」

「駄目です。この空《あ》き容量なら、圧縮データを送って展開したほうが早い。それに、送って展開できるデータは限られている。三〇分も飛べやしませんよ。俺に任せてください。ペーターゼン教授は、あの歳にしては、頭がよかった」

「ウレンゴイ博士。転送に何分かかります？」

「二〇分。展開に五分かかる。だが、これ用に組んだプログラムのデバッグ作業はしていない。動作保証はできないぞ」

サブ・オペレーション・ルームの片隅にあった、赤い電話が鳴った。

受話器を取ろうとするエイボーン大尉を制して、アッカーマンが自分で取った。舌打ちしながら……。この電話が鳴る時は、決まって軍人が敗北する時なのだ。

「アッカーマンです」

「アナハイムはあと何分で陸地に達するんだね？」

「一五分ほどです」

「乗組員を五分以内に脱出させ、攻撃を命ずる」

「しかし――」

「命令だ。日本海へ抜ける前に、アナハイムを破壊せよ。私はすでに、航空自衛隊にも、海軍にも撃墜を要請した。変更はできない」

「今さら⁉――」

「ロシアが出て来た」

「ロシアですって⁉」

「ＣＩＡ筋の情報だ。コースペックという名前を聞いて、ロシア大使館は震《ふる》え上がっ

たそうだ。ハワード・コースペックは、ロシアに石油開発の合弁企業を興《おこ》したが、あ
あいう国なのでな、開発計画は雲散《うんさん》、莫大《ばくだい》な初期投資だけを吸い取られ、コースペッ
クは大損を喫《きっ》した。もともとが激しやすい性格だから、ロシアの大統領の前で、必ず
復讐してやると大見得《おおみえ》切ったんだそうだ。ワシントンの大使館に、コースペックの動
静を監視するよう訓令が出ていた。連中は、アナハイムが日本に墜《お》ちるとか、燃料不
足とか全然信じちゃおらん。復讐のために、シベリアを横断してモスクワまで来るも
のと思っている。だから、日本海に入りしだい迎撃されるだろう。ロシアは、友邦国
であるが、国防上同盟国じゃない。アナハイムの防御システムを観察されるのはいか
にもまずい。だから、こっちで墜とす」
「そんな無茶な⁉　きちんと説明すればすむことじゃないですか？」
「まず、命令が先だ。クルーを降下させろ」
「無事に降下できる保証がありません。パラシュートをNOVAが敵機と誤認する恐
れがあります」
　NOVAの回路を切ればすむことだが、この際、伏せておいた。
「では、クルーごと撃墜するまでだ。どのみち、私はアナハイムが日本を無事に通過
するとは思っていないからな」
　アッカーマンは、国防長官からの受話器を置くと、隣室でコンピュサーブにアクセ

スし続けていたマクリーン議員を呼んだ。万一、リンダが、メッセージを残していた時に備《そな》えていたのだ。

　アッカーマンは、自分のブリーフ・ケースから、震える手で、数枚のレポート用紙を取り出した。空軍情報部のスタンプと、アイズ・オンリー。閲覧のみ許可の赤いスタンプがあった。

「こうなることは解っていた。国防長官に電話を入れてくれ。理由は、五〇名の乗員を救うためだ」

　アリスは、そのレポート用紙を一瞥《いちべつ》して顔色を変えた。特定個人に関する身上調査書だ。個人名こそ書いてなかったが、それが誰のものかは明らかだった。女性スキャンダルから、脱税、外国企業との不適切な交際、外国の秘密預金口座まで、書き並べてある。議会でも二、三のスキャンダルは噂として流れていたが、こんなにあるとは意外だった。

「誰しも脛《すね》に傷はあるものだ」

「私のもあるんでしょうね？」

「お望みなら破棄する」

　アッカーマン将軍は大真面目な顔で言った。

「自分が聖人だというつもりはありませんが、いかなる情報機関にも、つけ入られるような隙《すき》はありません。パラシュートで脱出させることはできないんですか？　レッド・ドッグのリーダーはパラシュートで降りたじゃないですか？」

「たまたま雲の中だった」

アッカーマンは、またしても肝心なことを伏せた。

「この書類の出どころは、すぐにも明らかになりますよ。第一、文民統制に反する」

「かまわない。アナハイムを救うことが優先事項だ。日本列島を抜けるまで目をつぶらせればいい」

「いいでしょう」

アリスは、アッカーマンが差し出した赤い受話器を受け取り、名乗りを上げた。

「国防長官、下院のアリス・マクリーンです。アナハイムの件に関してお話があります」

「あとにしてくれないか」

「アナハイムの撃墜を要請した海軍と日本に対して、ただちに中止を要請してください。パラシュートによるクルーの脱出はきわめて危険であるとレクチャーを受けました」

「兵士が乗ったままアナハイムを都市部の上空に入れる以上に危険なことはない」

「長官、私はこういうことは本来やらない人間ですが、貴方に関する報告を入手しています。ケイマン諸島にあるペーパーカンパニー、チューリッヒにあるふたつの秘密預金口座、サウジアラビアの兵器輸入代理店との不明朗な交際――」

「何だって⁉」

「アパートメント購入資金の出どころはちょっと問題ですね。ダラスに住むイスラエル系女性との親密な交際。どれも感心できるニュースじゃない。メディアと議会、それに大統領は興味を示すでしょうが」

「私を脅《おど》すのかね？」

「いいえ、そうじゃありません。交渉です。せめて日本列島を通過するまで、待ってほしいということです。そのころにはアナハイムの指揮権を回復できるという感触を得ています」

「……アッカーマンに伝えろ。文民統制に逆らうつもりなら、こっちにも考えがあるとな」

イエスかノーかを答えずに電話は切れたが、答えは聞くまでもなかった。

「その調査書は君にあげるよ。タイムでもポストでも売ってやればいい」

「貴方の軍歴も終わりですね」

「かまうもんか。私はあと二年で現役をリタイアするが、アナハイムはまだ二〇年以上飛べる。いつの時代も、軍人はそうやって組織を守って来たんだ」

ぐんぐんと高度を下げ始めるアナハイムのサブ・コンピュータへ、フライト・ソース・コードの送信が始まった。

幅五〇メートル、厚さにして二〇メートルもなさそうな小さなすじ雲にアナハイムが突っ込んだ瞬間、ブルドッグの燃料計は、すでにエンプティの警告を出していた。

高度は二八〇〇〇フィートまで落ちていた。

麗子は、雲の手前でゆっくりとラダー・ペダルを踏み込むと、すじ雲の左翼側へ出て、アナハイムから隠れるように雲に沿って飛んだ。

左翼側に、KC―135が飛行している。だが、まだ三〇キロはあった。

ここへたどり着いてランデブーするまで五分はかかる。

「ハーキュリーズ、こちらはジュベール01、KC―135です。燃料はどうか？」

「こちらはブルドッグ01、残念ながら、ランデブーするまでの余力は残っていません」

「よろしい、ブルドッグ。戦闘機では無理だけど、ハーキュリーズの滑空《ソアリング》性能なら、降下中の給油を試みるだけの価値はあります。私のブーム・オペレーターは、空軍きってのベテランです。やりますか？」

「もちろん、お願いします」

アナハイムが二十数キロ離れたところで、ブルドッグの燃料が尽きた。プロペラが一基ずつ止まってゆく。麗子は、すべてのエンジンのプロペラをフェザリングさせると、滑空態勢に入った。

風防ガラスを風が切る。これが本物のソアリングなら、どんなに気分がいいことかと思った。

「補助動力装置《APU》はどのくらい保ちそう？」

「さあ、一〇分かそこいらは」

沼田二曹は、ＡＰＵの作動状況を示すパネルに目をやりながら答えた。独立系統のＡＰＵの燃料まで止まってしまうと、たとえ燃料が満タンになってもエンジンを始動できないのだ。

ＫＣ―135が背後から回り込み、降下しながら、フライング・ブームを伸ばしてきた。ハーキュリーズとスピードを同調させるため、フラップをいっぱいに降ろし、外側のエンジン二基を停止しているのが解った。

高度計がぐるぐる回っている。すでに高度一〇〇〇〇フィートを切っていた。

「全員、脱出を準備しててちょうだい」

コクピット真上の給油口にブームがコネクトする。ＫＣ―135は、給油時の規定速度の半分のスピードで作業しているのだ。

「信じられない腕だわ」

燃料計がピクンと反応した。

「ジュベール01、エンジンを始動するがよろしいか？」

「了解した。慎重に、飛行姿勢はそのままで」

バランスをとるために、まず二番エンジンを点火し、アイドリングまで上げた。続いて三番と点灯する。高度三〇〇〇フィートを切った。この二発だけでも、飛行は可能だ。

「ブルドッグ、水平飛行に戻す。こちらの動きに尾いて来れない時はコールしろ」

「了解」

KC—135のエレベーターが動くのに合わせ、麗子はスロットルを押し上げながら、ホイールを手前へ引いた。

ブルドッグが水平飛行に移った時には、高度一〇〇〇フィートを切っていた。

「ブルドッグ、われわれは、ヨコタへ直行し、燃料補給後、ふたたびアナハイムを追撃する」

「了解ジュベール。感謝する。われわれはこのままアナハイムの追撃に移る」

フライング・ブームが解除されると麗子は残りのエンジンを始動し、いっきに上昇に移った。小牧に帰るのが無難だが、あの男には、誰か手綱《たづな》を握ってやる人間が必要だと思った。

アナハイムは、すでに房総《ぼうそう》半島上空を通過していた。もちろん、あらゆる民間機の飛行は禁止されていた。

眼前には、東京湾横断道路の橋脚や東京タワーが見えていた。高度は一二〇〇〇フィートからさらに下降中。

フライト・ソース・コードの展開が間に合うかどうか、微妙なところだった。

「艦長、こいつの原子炉というのは、具体的には、どんなエンジンなんです？　まさか、B—36で実験した放射能垂《た》れ流しエンジンじゃ……」

「XNJ140Eかね？　コンプレッサーで圧搾《あっさく》空気を直接原子炉に吹き出す直接サイクル方式は、構造的に簡単で、立派な性能だったらしいが、いかんせん古くて不安定なシステムだったからね。こいつはもちろん、安全な間接サイクル方式を採用している。二次冷却系に空気を使うことを除けば、原子炉の構造そのものは、潜水艦が搭載しているものと変わらない。高圧の不活性ヘリウム・ガスを推進エンジンと原子炉で循環させている。それで空気をコンプレッサーで、高温に熱して爆発燃焼させるんだ。特にスピードが必要な離着陸時だけ、このエンジンをジェット燃料で使用し、さらに補助ロケット・ブースターを使用する。きわめて安全なシステムだよ。原子炉を積んだ飛行機が、真上を舞うという不気味さに耐えられさえすればね」

「日本人には無理だ」

「こいつはどこに突っ込むんだろうね？」

「横田か厚木《あつぎ》が一番簡単でいい。NOVAには、米軍基地の座標は全部インプットされているんでしょう？　私なら、この季節の風向きも考えて横田基地を目標にする。そうすれば、放射能の被害は首都圏一帯をまんべんなく襲う。しかし、すんなりたどり着ければいいが、このごろの東京は高層建築が多いですからね」

横須賀《よこすか》上空を通過し、川崎《かわさき》へと向かう。そこは、通常の米軍のフライト・コースだった。

「転送を終了した。これから、メモリ上にワークエリアを確保し、プログラムを展開する」

ウォーケンの声だった。

「各員配置に就け！」

すでに、原子炉を離脱させるための起爆ボルトは全部解除されていた。

高度がさらに下がり続ける。真下に多摩川《たまがわ》が見えてきた。

「もし、アナハイムが墜落したらどうなると思うね？」

「場所が横田なら、たいしたことはないでしょう。直接的な死傷者は、一〇〇〇名に及ぶかどうか。問題は原子炉格納容器が墜落のショックに耐えられるか、あるいは汚染された冷却水や周辺機器がどの程度の被害を及ぼすか。もちろん、市民の反米感情は高まるでしょうが、それだけのことです」

「日本の風景は変わらないね。相変わらずマッチ箱のモザイクだ」

「われわれの生活もたいして変わりませんよ。マッチ箱みたいな暮らしです」

横田基地の滑走路の誘導灯が視界に入ってきた。滑走路36側にアプローチするには、もう五度ばかり角度がゆがんでいた。どのみち、一〇〇〇〇フィートの滑走路では、とうてい制動は効かない。万一無傷で着陸できても、離陸は不可能だ。

飛鳥は、アナハイムがどうにか原形をとどめたまま着陸したあとの騒動を考えて、ぞっとするものを覚《おぼ》えた。なにしろ、原子炉周りを解体して運び出さなくてはならないのだ。この住宅密集地のど真ん中で。

「ミスター・ウォーケン！　もう高度が一五〇〇フィートを切った。まだかね⁉」

チェンバレンはヘッドセットに向かって両手の拳《こぶし》を上げながら叫んだ。

「……静かに、やってますよ。ええ。こればかりは手作業ですから」

エレベーターが動いた。はっきり解るほど、フネが動揺した。水平飛行だったものが、コースを変えたうえに、降下態勢に入った。しかも、エンジン出力を絞《しぼ》っている！

「解ったぞ！　こいつは、てっとり早く横田へ降りるようプログラミングされたんだ」

36のランウェイ上にアナハイムが乗っていた。だが、その機体は、通常の滑走路に降りるには、あまりにも巨大すぎた。

「完成《コンプリート》した！　NOVAを切断してください」

「NOVAを切れ！」

NOVAのケーブルが外されると、サブ・コンピュータが動き始める。

「ホイールを引け！」

「駄目だ⁉」

ホイールを抱いて腕を突っ張らせるパイロットが呻《うめ》いた。

「駄目なもんか⁉」

ウォーケンが叫んだ。

「い、いや！　動いているぞ。動いているが、重い！　手伝ってくれ」

飛鳥は、パイロットのシートの背後からホイールを両手で摑んだ。パイロットが握っている部分のわずかばかり下を摑んで抱き寄せた。動いていることは解ったが、異様に硬い反応だった。

チェンバレン艦長が、六本のスロットル・レバーを前方へと押し込む。こちらも、目盛りひとつぶん動いただけだった。

「な、何でこんなに重いんだ⁉……」

「フライト・コントロールのセフティ回路が働いている。これ以上エレベーターを上げると失速する恐れがある。それに、エンジンはそう簡単には反応しない」

滑走路はもう真下だったが、不思議と着陸はしなかった。

「ホバリング効果が出ている！　地表面との空気を圧縮する格好になって、思うように降りられないんだ」

「上昇！　上昇しています！」

見張り位置のプレキシガラスにへばりつくサワコが叫んだ。

翼端のウイングレットが管制塔を掠《かす》めてアンテナの類《たぐい》を薙《な》ぎ倒し、激しい火花を散らせた。

「いいぞ！　その調子だ」

エンジンの回転数がじょじょに上がってくると、スロットルがもう一目盛り分、前へ出てエレベーターが上がった。

アナハイムは、地上にすさまじい土煙を残しながらゆっくりと上昇に転じた。

「こちらはウォーケン。過酷な操縦はしないでください。上昇率を上げるとか、舵を切るとかはもってのほかです。僕が組んだプログラムは、最低限の動きにしか耐えられません。ちょっとでも過酷な作業を行なうと、ハングアップを起こす可能性がある」

「了解した。上昇率はこのまま、舵は切らない」

危機は、半分だけ去った。

アナハイムを追尾していた戦闘機群は、次々と燃料補給に手近な基地に向かい始めた。空自部隊は百里《ひゃくり》と入間《いるま》に、米軍部隊は厚木へ。横田基地は閉鎖され、厚木は、KC―135の着陸補給が最優先とされた。

アッカーマンには、まだ仕事が残っていた。

ロシア大使館付き空軍武官のアナトリィ・ドミトニェフ大佐を電話口に呼び出した。

「大佐。冷静に考えれば解るじゃないか？　あんなものがロシアへ向かうはずがないじゃないか」

「将軍、貴方がたは、アナハイムは日本に墜落すると言ったが、どうも東京からのCNNライブを観《み》ていると、そうじゃなかったらしい。なお、アナハイムは北西に針路をとっている」

「だから、それはまだ舵を動かせる状態にないのだよ。苦心惨憺《さんたん》、ようやく墜落を阻《そ》止《し》したんだ。もうしばらく待ってくれれば、アナハイムの指揮権を完全に回復できる」

「指揮権を回復するのが、ウラジオストックやハバロフスク上空である可能性は充分にあるんでしょう？　一時間半もあれば、アナハイムはウラジオストック上空に達する」

「それが何だと言うんだね⁉」

「将軍、わがロシアの大統領は、今洗面器からテレビの中まで敵を抱えていて、ひじように苦しく微妙な立場に置かれているのです。ましてや、軍には不満分子が掃《は》いて捨てるほどいる。アメリカの国旗を付けた、原子力推進の飛行空母が侵入しようとしている。それも、どうもわが国に被害をもたらす目的でもって」

「ハワード・コースペックは、娘に、ロシアとの取引に関して、一言《ひとこと》も喋ったことはないと言明しているじゃないか！」

ハワード・コースペックは、ニューヨークの高級ホテルで飲んだくれているところをＦＢＩに保護された。事実を知らされても受け入れようとせず、虎のように吠《ほ》えまくって手こずらせていた。

「そんなこと、私だって信じるつもりはありませんからね。コースペックは、大使主催の晩餐《ばんさん》会に現われて、いつか必ずモスクワに核ミサイルを墜としてやると息巻いて、晩餐会を台なしにして帰ったのですよ。その娘が、どんなに手の付けられないじゃじゃ馬だったかぐらい、私でも知っている」

「では、どうすればいいんだ？」

「ロシアの領空には、一歩も近寄らせないことです。でないと、わが大統領は、先手を打って軍に攻撃を命じるでしょう。なにしろ、米軍が撃墜できなかったものを、ロシア空軍が撃墜できたとなれば、血気《けっき》盛んな連中も、しばらくは財布の中身のことを忘れていられる」

「とほうもない犠牲を払うことになるぞ。私も自軍にロシア空軍機の迎撃を命ずる」

「けっこうです。それが赤軍の使命ですから」

赤軍だって⁉……。この連中は、冷戦敗北の仇《かたき》をアナハイムで討《う》とうとしている。

アッカーマンは、ポークフライを急《せ》かせた。

「何とかしろ、ポークフライ。准教授のプライドを見せてやれ」

「駄目です。いずれサブ・コンピュータはハングアップします」

「どうして⁉」

「コンピュータというのは、しょせんそういうものなんですよ。作業量が増えれば、CPUが負担に耐えられなくなる。不安定というのは、そういう状況を言うんです。そうなったら、またNOVAを接続せざるを得ない」

「将軍、いくらか有効な手がある」

ファクトリーのウレンゴイ博士が提案した。

「何だって飛びつきますよ、博士」

「機体下面の兵装ステーションにアクセスして、コントロールを切断する。特別に分厚いドアを破壊しなきゃならないがね。そうすれば、少なくとも給油機は問題なく接近できるし、乗員の安全な退避も可能だ」

アッカーマンは即座に首を振った。

「駄目です。ロシア軍が攻めて来るという時に、武器は潰せない。それに、もし周辺国が、アナハイムの乗っ取りを企《たくら》んだらどうなります？」

「無理だよ」

「あの周辺には、信用を欠く国が多すぎる」

それが、偽《いつわ》らざる心境だった。

アナハイムは、高度をとりつつ新潟《にいがた》上空へと向かいつつあった。

8章　ミグ

飛鳥は、アナハイムのブリッジで気象衛星の写真を受け取った。

速度は時速五〇〇キロ、高度も一〇〇〇〇フィートまで回復していた。

「もう二〇分も飛べば、日本海上空に、かなり分厚い低気圧がある。この中に入れば、KC—135からの給油を受けられるだろう」

「日本の領空を出てしまう。あまり気が進まないが……」

「コントロールはどうするんですか？」

ESMコンソールに就くサワコが尋ねた。

「ポークフライ先生、次はどうするんです？　早く旋回しないと、冗談でなくロシア軍機の迎撃に遭《あ》うはめになる」

「今、計画を練《ね》っている。サブ・コンピュータに潜り込んでいるウイルスを全部ピックアップして、いっきに消すか、あるいは初期化してプログラムを全部入れ替えるか。どちらも一長一短で、NOVAでコントロールするほどの確実性はない」

「了解。脱出準備を継続する」

チェンバレンは、KC—135を呼び寄せた。

飛鳥は、ブルドッグを呼び出した。

「小牧へ帰ったんじゃないのかい？」

「貴方だけじゃ心配ですからね。ＫＣ―135が間もなく厚木を離陸するわ」

アナハイムはあっという間に日本列島を縦断し、日本海へと抜けた。

「ＫＣ―135を誘導してくれ」

「なんですって⁉」

「しばらく雲が晴れそうにない。ＮＯＶＡが切断状態でも、雲中で給油作業をやるしかないだろう。ＫＣ―135は、ろくなセンサーを持っていない。雲の中でアナハイムを見つけるのは困難だ」

「ああそういうことね。もちろん、助けてもらったお礼にそのぐらいのことはします。で、貴方たちはそのままシベリアまで行っちゃうわけ？」

「そうならずにすむよう、努力してもらうよ。なにしろビザを持っていないのでね」

「了解、そっちがポイントに到着するころには、ＫＣ―135も追いつけると思うわ。スピードを抑えてちょうだい」

飛鳥は、タンカーが到着する時間を逆算してアナハイムのパワーを抑えさせた。

ポークフライは、キーボードを叩く手を止めて、ファクトリーのウレンゴイ博士と協議していた。

「それで……、初期化作業に七分、全ディレクトリーをアップロードするのに三五分かかるわけですが、その間どうしてもＮＯＶＡに頼らざるを得ないですよね」

「ＮＯＶＡはカウントしているぞ。梯子《はしご》を外された時間や回数を。また東京へコースを変えるかもしれない」

「初期化作業と、アップロード時間を二回に分けたらどうです？　そしたらいろんな小細工が効く。都合三回の作業になりますが」

「三回もＮＯＶＡをオンオフするのかね。ポークフライ君。私にもリンダ・コースペックという人間のキャラクターは理解できたつもりだ。あまり賛成できないな。また別の爆弾のスイッチを入れる可能性があるぞ」

「じゃあ、ＮＯＶＡがスイッチオンすることができる爆弾を想定してください」

「原子炉にはもう絶対に触《さわ》れない。アナハイムには自爆装置はない。舵を操作して故意に墜落させようとしても時間がかかるから、その間にレカバリーできる。装備している武器は、外部の敵に対してしか使用できない。レーザーのブレーカー回路を切って爆発させる手はあるだろうが、爆発エネルギーは外へ抜ける。すべてのキャビンの気圧を抜くという手もあるが、すでにクルーは酸素ボンベの周囲にいるからこれにも対応できるだろう。艦内の電圧をすべて落としても、今ではほとんど影響ない。クルーのライフ・ライン、艦のライフ・ライン、関係するのはその程度のものだ」

「もし、エアコンが湿度八〇パーセント、摂氏《せっし》一〇〇度近い空気を送るようになったら?」

「巡航高度で湿度八〇パーセントは無理だよ。温度は、摂氏四〇度でサーモスタットが切れる。これは物理スイッチで、電子操作は効かない。気圧の加圧に対してもだ。一・三気圧で物理スイッチが作動する」

「では、やってみましょう。高度四〇〇〇〇フィートに達したら、まず初期化作業にチャレンジします」

　また電話が鳴った。今度は、シルバー塗装の電話だった。空軍参謀総長からの、今日、初めて鳴る電話だった。

「アッカーマン、いささかやりすぎだぞ」

「そういうあんたは、お茶一杯差し入れてくれたかね?」

「人にはそれぞれ役割がある。長官を脅したのは失敗だったな」

「いや、そんなことはない。アナハイムとクルーを救った」

「ならもう満足だな。ヨコタやミサワからの護衛機の離陸は禁止する。すでに私の名前で、在日本の全基地に命令を出した。海軍も今後いっさいタッチしない。日本政府もだ。国防長官は東京の大使館に自分で電話を入れて、日本政府はいっさい手を退《ひ》く

「なんで国務省でもないのに訓令なんか⁉……」

「駐日大使と長官は、旧知の間柄だ。もう誰もアナハイムを護衛しない。援護しないよう訓令したよ」

「それじゃ、アナハイムをロシアにくれてやるようなものだ」

「くれてやればいい。空軍のオモチャひとつ撃墜するだけで、ロシア軍がおとなしくなり、ロシアの政局の安定に寄与《きよ》するのであれば、安い出費だ。少なくともホワイトハウスはそう考えるだろう」

「そういうことか」

アッカーマンは野卑《やひ》な調子でなじった。

「そうだ。そういうことだ。政治とはこういう時に強みを発揮する。軍事力とは異質なパワーだ」

アッカーマンは、電話線を引きちぎってやった。「ポークフライ。私にはもう何もしてやれない。あとは任せたぞ」

「もう諦《あきら》めるんですか。貴方にしては珍しい」

「優れた軍人は引き際《ぎわ》も心得ているものだ」

「そうですか。じゃあ、あとは若い者が引き受けますよ」

ポークフライと、ウォーケンの闘いは、まだこれからだった。

KC―135は、まるでアフター・バーナーでも付いているかのような猛スピードで高度二八〇〇〇フィートへ昇って来た。

麗子は、タンカーとランデブーするために、一度旋回して時間を稼《かせ》いだ。

「こちらブルドッグ01、ジュベール01、アメリカ空軍機は離陸してはいけないことになっているみたいですけれど？」

「私はちょっとわけありなのよ。そういうあなたがたも、支援を打ち切ったのじゃなくて？」

「ま、こちらもわけありでして。それに、当機は航空自衛隊の所有ですが、指揮権は外務省にありますので」

「じゃあ、貴方は外交官なの？」

「いいえ。私は財務省の税務官です」

「麻薬取締まりね？」

「ええ。そうです」

「うらやましいわね。うちの国も、オーロラだのアナハイムだの作らずに、税関にスペクターを配備すれば麻薬戦争も楽になるのに」

ＫＣ―135が左翼下方に並んだ。とたんに追い抜かれてしまい、麗子は慌ててパワーを上げた。

「われわれが誘導します。早いとこ作業を終えて避難しましょう」

「了解」

低気圧に近付いたせいで、気流が乱れていた。機体が揺れ始めた。

サブ・コンピュータの緊急プログラムに、乱気流時の補正能力はなかった。アナハイムが持っている、復元能力だけが頼りだった。

「アメリカの航空機技術力の見せどころだな」

低気圧に突入したとたん、小刻みな振動がアナハイムを襲い始めた。

「さすがに日本の低気圧は一級だな」

「艦長、こんなところでひとりぽっちなのは心細い。アップルトン大尉のイーグルは飛べるんですか？」

「飛べる。皺《しわ》が寄った主翼はどうしようもないが、エレベーターは新しいものを付けた」

「皺が寄った？　イーグルの主翼に皺が寄るのは一〇Ｇ前後のはずだ。それで無事にレカバリーしたのかい？」

「ええ」

サワコはちょっと誇らしげに言った。

「空自でもその手の事故は珍しい。イーグルの主翼修理をメーカー送りにしたのは、俺のほかにもうひとりしかいない。一一G。死ぬかと思ったよ。艦長、飛べるのであれば、急いでフル装備にしておいたほうがいい」

「そうだな。すまんがハンティトン曹長、一五分で片付けてくれ。アムラームはもうないからサイドワインダー装備だ。ドロップ・タンクはいらんだろう」

「了解です」

揺れが大きくなった。

「アナハイム、こちらはブルドッグ。コース、高度を固定願います。当方は、おそらく貴機の二〇〇〇メートル後方を追尾中、これよりタンカーを誘導します」

ほんの一〇分で、アナハイムのブリッジの真上に、KC―135の前部胴体が現われた。ひどく揺れているように見えた。

だが、揺れていたのはタンカーではなく、アナハイムのほうだった。

「アナハイム！　今の揺れを半分にしてくれ。でないとドッキングしても数秒でブームがはずれる」

ブーム・オペレーターがたまらず叫んだ。

「ＮＯＶＡでなけりゃあ、舵を微妙に操《あやつ》るなんてとうてい無理だ」

「アナハイム、こちらはもう覚悟はできた。サブ・コンピュータのハード・ディスク部分を初期化する。作業には七分必要だ」

「了解した。ＮＯＶＡに接続する。総員、退艦準備を継続。ＮＯＶＡを復活するぞ」

ＮＯＶＡを復活した瞬間、ＮＯＶＡは、回路の遮断時間をすばやく計算してメッセージを出した。

《諸君らは二度目のミスを犯した。罰を与える》

艦内の電圧がいっせいに落ち、電源を絶たれた非常灯が、そこいらじゅうでアラームを鳴らし始めた。

「全員、落ちついて行動しろ。モニターが使えなくなった程度だ。各デッキの非常灯は三〇分は保《も》つ。やむを得ない場合を除いて、マグライトの使用は極力避けよ」

サブ・コンピュータは、バックアップ電源の助けを借りて作動していた。一〇ギガ・バイト容量の初期化作業が始まった。

「コースが変化しないぞ」

ＮＯＶＡがまたメッセージを出した。

《コースアウト、新たな針路を入力してください》

「ＮＯＶＡはもうヨコタに着陸したつもりなんだ。新しいコースをインプットしないかぎりは、このまま真っ直《す》ぐ飛び続けるだろう」

　フライング・ブームが接続され、給油作業が始まった。

「ロシアの領空に達する前に、サブ・コンピュータが完璧な状態にセットアップされることを望むね。でないと、無理してでも旋回を試みざるを得ない」

　給油が終わるほんの二分前に雲が途切れ、KC—135もブルドッグも離脱できなくなった。

「ブルドッグ、こっちは電圧が落ちてモニター類が使えない。次の雲に入るのを待つのと、いったんNOVAを切って給油機を離脱させるのとどっちがいいんだ？」

　麗子は、足下の雲の様子を見た。一八〇〇〇フィートから二〇〇〇〇フィートのあたりに、ポツポツと雲が浮かんでいた。

「ほんの五分もNOVAを切ってくれれば、たぶんタンカーは避難できるでしょう。下へ降りれば、センサーをごまかせる程度の雲はあるから」

「了解。そっちも一緒に退避してくれ」

「冗談はよしてよ。そんなことできるわけがないでしょう？」

「どうして？」

「だって、そっちはブリッジからCICルームに至るまで、モニターも死んでいるんでしょう。もしミグやスホーイが接近しても、察知しようがないじゃないの」

「そうか……」

すっかり忘れていたが、たしかに、敵機の接近にも、気象レーダーもいっさい使えない。

「危ないぞ」

「そっちもね」

「じゃあ、NOVAを切ってもらう。タンカーを離脱させろ」

アナハイムは、NOVAを五分間だけ切断し、KC—135を離脱させた。

その間、サブ・コンピュータのメモリ上に退避させた緊急プログラムだけで、アナハイムを飛ばせた。

NOVAの復活時には、皆が表情を硬くした。

メッセージはこうだった。

《懲《こ》りない諸君だ。頭を冷やして反省しなさい！》

その瞬間は、特に何も起こった気配はなかった。だが、しばらくすると、全員を耳鳴りが襲った。

「くそ……、気圧が抜けていくぞ！　総員酸素マスクを着用しろ！」

「頭を冷やして反省しろというのは、ウォームアップもしないという意味にとっていいんだろうな。防寒着を着用しなきゃ」

「サブ・コンピュータのアップロードがすむまで、なんとか持ち堪《こた》えよう」

気圧が完全に抜け切ると、冷気で吐く息が白濁《はくだく》し、ダイヤモンドダストとなってあたりに散ってゆく。

「敵、現われたわ！」

麗子の声が響いた。

「一〇時方向、高度は三〇〇フィート以下！　上昇してくるわ」

「数は？」

「たぶん四。レーダー発信なし。距離は四〇キロ以内ね」

「NOVAのミサイルは残っていますよね」

「アムラームはもうない。サイドワインダーが一〇発。レーザーは、下からのミサイルは対応できるが、上から撃たれると避けられない。すまないがアップルトン大尉、イーグルへ走ってくれ」

「はい。出撃します」

サワコがくるりと身体を回した瞬間、ふらっと姿勢が揺らいだ。そのままコンソールにぶつかり、飛鳥の腕に抱き留められた。

マスクが外れると、鼻血がこぼれ、白目を剝《む》いて失神していた。

「たぶん加減圧のやりすぎだ」

「艦長、ほかにイーグル・ドライバーは?」

「残念だが君しかいない。しかし、あのイーグルはCじゃなくFタイプだ」

「どうせ武装は機関砲と9Rミサイルだけなんでしょう。何とか飛ばせますよ」

　飛鳥は、防寒着を脱ぎ捨てると、酸素ボンベを抱えながらハンティトン曹長とともに、後部危険作業デッキへと走った。

「すいませんが、少佐殿《の》。デッキからの離陸はできません。エレベーターが動かないんでね。パレットに載せて、そのままシャッターから外へ出てもらいます」

「というと?」

「輸送機が、ドローグ・パラシュートで荷物を引っ張り出すでしょう。あれと同じ方法です。パレットごとイーグルを引っ張り出します。パレットは、イーグルの三本のギアを噛んでいますが、加速度スイッチで、引き出し後四秒で解除されます」

「そいつはうまくいくのかね?」

「デッキを使えない場合の緊急措置《そち》です。一度だけ実験しました」

「成功した?」

「さんざんでした。まず、パレットから離れようとして動かしたエレベーターがパレットを叩いて損傷。しかも離脱時、イーグルは完全に失速状態です。高度一〇〇〇〇フィートで実験したんですが、結局、失速状態からレカバリーできずに、パイロットはベイルアウトしました。高度一五〇〇〇以下では不可能だという結論です」

「そう。まあ、なんとかやってみるよ。この海は海水浴向きじゃないからね」

イーグルを載せるパレットは、四角ではなく、まるでデルタ・ウイング機に似ていた。両サイドには、ウイングレットまで付いている。

「このフィンが、パレットが回転するのを防いでくれます」

飛鳥は急いでGフォース、パラシュートと身に着けていった。すでにAPUは始動していた。

「こちらで入力した慣性航法装置《INS》の数値は正確なつもりですが、ジャイロの安定ができなかった。もしひとりで帰還することになっても、INSは頼らないでください」

「了解」

サワコのヘルメットを借用した。さすがにきつかった。

シャッターが開けられ、ドローグ・パラシュートが準備された。

飛鳥は、イーグル戦闘機の両エンジンを始動させ、脱出に備えた。

「敵がレーダーをONにしたわ……。何これ⁉　すさまじいパワーじゃない……」

「そいつはたぶん、ミグ31フォックスハウンドだ。でかいのと、パワーがあるのが取り柄《え》のな。艦長、雲はないですか？」

「ない」

「じゃあ、出ます！」

「危険だ。レーザーに狙われるぞ」

「ドローグ・パラシュートは、下じゃなく真後ろへ引っ張り出すんです。尾っぽがある方向にね。ＮＯＶＡが賢明なら、真後ろへ向けて離れていく目標に対してレーザーは撃たないでしょう」

「そうかもしれんが……」

　飛鳥はキャノピーを閉じ、ハンティトン曹長に「出せ！」と合図を送った。あらためて計器盤を見ると、何に使うのか不明なモニターやスイッチ類がそこかしこにあった。

　ドローグ・シュートが投げられると、いっきに機体が引っ張られた。一瞬ウッと呻くと、次の瞬間にはもう、アナハイムの機体が目の前にあった。さすがにこの位置から、隠すものもなく見物すると、異様にアナハイムがでかいことが解る。制動がやみ、機体が下向きになると、ギアを噛んでいたカムが解除され、イーグルはゆっくりと、パレットから滑り落ちた。その瞬間、真上で花火みたいな光が跳ねた。レーザーが、より大きな目標のパラシュートを狙って攻撃したのだ。

　飛鳥は、かまわずパワー・レバーを開放すると、海面へと突っ込みながら姿勢制御に入った。単にループ途中からの復元ならどうということはないが、失速墜落から回復するには技術がいる。

モニター類が蘇《よみがえ》り、さっそくレーダー警報を発し始めた。

舵の効きを確かめると、ようやく機体を引き起こす。全周視界を確保するバブル・キャノピーから一瞬背後を振り返ると、たしかに、主翼の後ろに皺が寄っていた。この機体で、もう一度無理な高機動《マニューバー》をやったら主翼が剝《は》がれ落ちてしまうに違いなかった。

機体を完全に立て直すと、飛鳥は状況を観察した。アナハイムの六〇〇〇フィートほど下には、ほどよい面積で層雲が広がっていた。

飛鳥は、まっしぐらにその雲の中に飛び込んだ。ミグ31は、一対一のドッグファイトにさえ持ち込めれば楽な相手だが、なにしろ、そのレーダーは現有戦闘機の中でもスーパーに強力な性能を持っている。こちらの電子的なジャミングをいっさい受け付けないのだ。

「アナハイム、アップロードが終わるまで、あと何分だ?」

「二回目の作業があと一〇分で終わる」

「一〇分だけ時間を稼ぐ。一〇分経《た》ったら、いったんNOVAを切ってくれ。その間に、ミグを引き連れてアナハイムに接近する。充分に引き付けたところで、俺は離脱、うかつにアナハイムに近付く敵は、NOVAに任せる。こういう作戦はどうだ?」

「いいだろう。しかし、一〇分は長いぞ」

そうなのだ。空中戦のまっただ中では、一〇分というのはあまりにも長い。

「まあ、なんとかやるさ」

ミグが空対空ミサイルをアナハイムへ向けて撃った。

「八発、接近中。レーダー誘導ミサイル」

麗子が報告する。NOVAは、すかさずジャミングを始めた。それと同時に、無線周波数も支障を受け始めた。

ミサイルは真っ直ぐにアナハイムを目指した。さすがに今度は勝手が違った。それほど発射母機であるミグ31のフラッシュダンス・レーダーが強いのだ。

二発が目標をそれたが、六発はアナハイムへと到達した。

三発のサイドワインダー・ミサイルがそれを迎え撃ち、残った三発をレーザーが撃墜した。

アナハイムから、サワコが何ごとかを喚《わめ》いていた。

「LANTIRN……。LANTIRNポッドを使ってください！」

飛鳥はスイッチを探した。中央のマルチ・モード・モニターに、LANTIRNポッドの映像が映し出される。赤外線映像で、IRSTの代わりに使えということらしかった。

雲の下から、猛スピードで上がって来る四機の戦闘機がいた。そのうちの二機がこちらへ向かって来る。

すでにレーダー追尾《ホーミング》ミサイルの射程に入っているはずだが、攻撃はして来なかった。

「そうか……。レーダー・タイプは、長距離タイプを二発程度しか積んで来なかったんだな。向こうが赤外線《ＩＲ》ホーミングで決着をつけようという腹なら、こっちのものよ！」

飛鳥は上昇して来る敵機に対して、真正面から戦いを挑んだ。雲の中、うっすらとＬＡＮＴＩＲＮポッドのセンサーで見える程度だ。雲の下に抜けたとたん、敵が撃って来た。

飛鳥は、フレアを発射すると、一転アフター・バーナーを点火して雲の中へと隠れた。いっきに上昇してから、敵の真上で下降に移る。

二機は、それぞれ反対方向にブレイクしていた。飛鳥は左へ逃げた奴の真上に飛び降り、くるりと反転して追尾に移った。

フレアを発射しながら、右へ左へとブレイクする。イーグルに後ろを取られて逃げ延びられる戦闘機はそう多くはない。飛鳥は落ちついてサイドワインダーを一発発射すると、すぐ左にブレイクした。背後に、別れたほうのミグが迫っていた。

「給料も、食うもんもねえのに、よくやるよな……」

二発のミサイルが背後から迫って来る。

ふたたびアフター・バーナーを点火し、自分が発射したミサイルの後を追った。ミグが被弾し、一瞬仰向《あおむ》けになると、パイロットが脱出した次の瞬間、コクピットの付け根あたりが折れ、爆発した。飛鳥は、すぐその脇を抜けた後、左に切り返した。

二発のミサイルが、爆発の炎の中に突っ込む。

それをさらに後続のミグがオーバー・シュートした。

「31は空中戦向きじゃないのに……」

ミグ31の動きは、あまりに鈍重だった。飛鳥はすぐ背後を取り、9Rを撃った。ミグがフレアを発射したが、残念ながら9Rの識別能力のほうが勝《まさ》っていた。挙句に、フォックスハウンドはダンプカー並みにでかい。

「残り六発……」

飛鳥は慎重に雲の上へと抜けた。

アナハイムへ向けてレーダー・ホーミング・ミサイルを発射したばかりの二機のミグが、今度は上空から襲いかかろうとしていた。

9Rの射程外で、向こうもアフター・バーナーを点火してアナハイムを追っている様子だった。

ブルドッグの麗子は、「誰かスティンガーを!?」と叫んだ。

ブルドッグには、携帯式対空ミサイル・スティンガーのランチャーが二発だけ積んであった。

「キャビン気圧を抜くわよ！」

アナハイムのシムズ伍長は、それより早くスティンガーを持って後部ハッチで待ちかまえていた。

四発のレーダー・ホーミング・ミサイルが、サイドワインダーとレーザーで叩き落とされる。

しかし、二機のミグ31は、高度五〇〇〇〇フィートもの高空から、悠然とアナハイムを狙って降下して来る。

まず四発のＩＲミサイルが上から発射された。

麗子は頭上を見上げながら、赤外線フレアを発射した。ブルドッグの前方側方へと、二〇発近いフレア弾が発射される。

二発がそれにコースを惑《まど》わされたが、もう二発は命中した。一発は後部排気口のスリット部分で、もう一発は、滑走路の末端あたりで。ただし、滑走路に激突したミサイルは不発だった。

「スティンガー！　撃てないの⁉」

「そんなこと言ったたって、敵はほぼ真上ですよ。見えないんだから！」

麗子は、いったん開いたリア・ランプを閉じると、「みんな摑《つか》まってなさい！」と怒鳴った。

　HUDを二〇ミリ・バルカン砲に切り替えると、スロットル・レバーを思いっきり前へと倒した。

「あたしにだって、この程度のことはできるんですからね！」

　ホイールを抱き寄せながら、ラダーを蹴《け》り、右へのロールを打つ。ブルドッグは、上昇したかと思うと、右へ横転した。

「こんな高度で⁉　失速する！」

　沼田が喚いたが、麗子は、そのままの姿勢で、HUDの中心線にミグを捉えると、バルカン砲を連射した。照準も何もなしで撃った。

　バルカン砲弾が、斜め上へとループを描きながら飛んで行く。弾は、まったくあさっての方向へと飛んで行ったはずだが、先頭のミグが感電したみたいに火花を散らせた。

　パイロットが脱出する間もなかった。

　エンジンが爆発して真っ逆さまに落ちて行く。

　一方のブルドッグも、無理なロールがたたって失速し始めた。麗子は必死で立て直そうとしたが無理だった。

　アナハイムの右翼方向へと滑って行く。

生き残ったミグが猛然とそこへ突っ込んで来るところへ、飛鳥がバルカン砲を発射した。命中する距離ではなかったが、威嚇《いかく》にはなった。

ミグが悠然とループを描く。飛鳥がミサイル攻撃できないことを悟っての旋回だったが、油断した。真下から、シムズ伍長がスティンガー・ミサイルを放ったことにまったく気づかなかった。

旋回を終えたあたりで、スティンガーが命中した。ふいに、NOVAのジャミングが途絶えた。

「NOVAを切ったぞ！」

「助かった！　墜ちてゆくブルドッグを追いながら、ほっと溜息を漏らした。

飛鳥は、墜ちてゆくブルドッグを追いながら、ほっと溜息を漏らした。

「あ、貴方……。こっちはまだ助かってなんかいないんだから！」

ブルドッグは、一〇〇〇〇フィート近くも降下してようやく態勢を立て直した。

「急いで高度をとれ！　どうせ次の編隊が来る」

飛鳥は、ブルドッグをエスコートしてアナハイムのデッキ上に帰った。

「こちらアナハイム、最後のアップロード作業を行なうため、またNOVAを接続する」

両機がデッキ上に帰った瞬間、NOVAが接続された。

右翼に並んだ麗子が、アナハイムの背後を指さした。

排気スリットのちょっと前から、白煙が湧き出ていた。どうも水蒸気みたいだった。

「アナハイム、デッキの後ろから水蒸気が噴出しているぞ」

「ちょっと待ってくれ……」

チェンバレンは、モニターに現われたＮＯＶＡの警告を見て考え込んでいた。

《みんな、原子の塵《ちり》となって消えてしまいなさい》

「原子……、どういう意味だ？……」

「ひょっとして、原子炉が動いてるんじゃありません？」

サワコが青白い顔で呟いた。

「そんなバカな。一度降りた制御棒は、人間でなけりゃ上げられない」

「もし、ハワイを通過した時、制御棒が降りていなかったとしたら？」

「機関室へ急げ！」

ありったけの装備を抱えて、クルーが機関室へと走った。忙しさのあまり、機関室は、閉鎖されたままの状態だった。

バルクドアも凍りついたままだった。

「ハンティトン曹長、吹っ飛ばせ！　総員に告ぐ。無関係な者は脱出ハッチへと急げ！

原子炉が吹っ飛ぶ危険がある」

「コーナーの後ろまで下がってください」

チェンバレン艦長は、爆風を避けるため下がりながら、「そんなはずはないんだ……」と呟いた。

「あれは、完全に自動制御機構なんだ。動いていたなんて……」

「でも、私の感触では、ハワイの前も後も、フネの振動が変わったという印象はありません。犯人が、警告メッセージだけONにして、原子炉周りのセフティ機構を全部外した可能性はありませんか。きっと給油しなくても、原子炉からのパワーは接続できる状態にあったはずです。なぜなら、彼女はできるだけ多くの被害を与えるために、最後の瞬間まで、原子炉を運転しておく必要があったんですよ」

「ブリッジにある原子炉周りのモニターは死んでいたし……、そこまで細工したというのか⁉」

バルクドアを破壊する。すでに全デッキの気圧が抜かれているせいで、風が巻くようなことはなかった。

機関室になだれ込むと、操作コンソール上で、二人の当直員が凍りついていた。

モニターを見ると、驚いたことに原子炉は動いていた。ただし、そこいらじゅうの警告ランプが点滅し、クリスマス・ツリー現象を起こしていたが。

「一号炉だ！　二次冷却水が、ほとんど空《から》になりかけている。エアの吸入で、かろうじてメルトダウンを起こさずにすんでいる。コア・フラッド・タンクを全注水！」

「全部、計画どおりだったんだわ……。原子炉を投棄《とうき》させるという脅しをかけて、わざと私たちに、投棄用の起爆ボルトを外させた」

「そうすれば、ＮＯＶＡがまともになっても、暴走した原子炉を捨てようがないからかね」

「ええ、原子炉がメルトダウンを起こして大爆発するその瞬間まで、誰も気づかないですから」

「なんて女だ⁉　学生の分際で」

コア・ブラッド・タンクのカバーがハンマーで叩き割られ、スイッチが押された。原始的な物理スイッチが作動するのを、皆が息を潜《ひそ》めて見守った。

やがて、かすかな振動が足下から伝わってくる。大量の水が炉心に流れ込む振動だった。

「二号炉の制御棒も抜いておけ。間違いなくな」

温度が下がり始めて、艦長はようやくフネの安全を宣言した。

「アナハイム、そっちは片付いたかね？」

「すまない飛鳥三佐。君たちが気づいてくれなければ、われわれは今ごろ原子の存在になって、日本列島に死の灰を降らせるところだった」

「艦長、申しわけないんだが、まだその可能性は消えていない。前方に敵の編隊が近付いている。数にして二〇機ばかり。正直なところ、逃げ出したい気分だ」

「サイドワインダーがあと三発……」

「こっちは六発だ。一対四ぐらいならどうにかならないでもないが……」

「離脱してくれ。アップロードは間もなく終わる。またNOVAを切断して起動するのは気が進まないがね、われわれはレーザーに賭ける。スティンガーもあるしな」

「なんとかやってみるよ」

　飛鳥は、機体を滑走路上に寄せて、デッキを舐めるようにチェックした。

「麗子、もうちょっと前へ出て、クルーを全員脱出させろ。最初に一人降ろしてロープをハッチに固定させてから、全員摑まればいい」

「何言ってんのよ⁉　あんた」

「ブルドッグを無人のまま前方へ放り出して、標的にする。俺はその陰に隠れて、敵を攪乱《かくらん》する」

「あんた正気なの⁉」

「カラスみたいにギャーギャー喚くのはやめてくれないか。シムズ伍長、下で脱出するクルーを確保してくれ」

　ハッチで粘《ねば》る伍長が、オーケーしたと右手を振って見せた。

「急げ。時間がないぞ」

「あんたは責任をとってくれるんでしょうね⁉」

「米軍さんが新品をプレゼントしてくれるさ」

麗子は、シムズ伍長の真上で、クルーを全員降ろした。

狭いキャビンを駆け抜けてリア・ランプから脱出することを考えるとぞっとするものがあった。だが、コクピット背後のドアから脱出すれば、最悪プロペラに巻き込まれる恐れがあった。

ベルトにエイト環を装着し、シートを立った。ホイールを倒し、ブルドッグをランウェイに接地させる。

「沼田さん、いい！」

「いつでもどうぞ！」

沼田二曹だけが、リア・ランプの上で待っていた。麗子は、四本のスロットルを前方に倒して一目散《いちもくさん》に、後ろへと駆けた。

飛鳥は、スロットル・レバーが倒された瞬間、「NOVAを切ってくれ！」と叫んだ。腰を屈《かが》めた沼田が麗子に抱きつき、エイト環にカラビナを噛ませ、そのまま足払いをかけた。麗子が悲鳴を上げたが、沼田はかまわずランプを転がってデッキに転げ落ちた。

　飛鳥は、二人がロープに絡《から》まりながらデッキを転がるシーンを目撃した。五〇メートルほども飛ばされ、ようやくロープが張り詰め、伍長らが手繰《たぐ》り寄せ始めた。

　一方のブルドッグは、じょじょにパワーが上がり始め、まるで誰かに操縦されているかのように、ゆっくりとデッキ上を走り始めた。コクピットを越えたとたん、エレベーターが効いたのか、ほんの少し俯角《ふかく》を取って降下してゆく。飛鳥は、その背後にぴたりと尾《つ》いた。こうすれば、敵には、バカでかい輸送機は見えるが、その背後の戦闘機は見えないのだ。

　先頭を進む四機のスホーイ27フランカー戦闘機が、ブルドッグに向かって来た。

「まったく気が重いよな……。四機だもんな。しかもフランカーだなんて……」

　フランカーがレーダー・ホーミング・ミサイルを発射した。四発。飛鳥は電子戦《ＥＣＭ》で対抗した。幸いにして、フランカーのレーダー出力とイーグルのそれはほとんど同じレベルである。違うものといえば、ＥＣＭ自体の性能で、当然イーグルのほうが勝《まさ》っていた。

　四発のミサイルは、それぞれあさっての方角へと飛んで行った。

「さてと、これで四発を消費させたが……」

　続いて、ＩＲホーミング・ミサイルが向かって来る。また四発。

　こちらは、フレアで回避するというわけにはいかなかった。フレアを発射しても、なにしろブルドッグはその後の回避運動ができないのだ。真っ直ぐ向かって来る敵に対しては、使い道がなかった。

飛鳥は、いとおしげにブルドッグを見やった。思い出に満ちた機体だった。組織に馴染《なじ》めず、テスト・パイロットとしても腐っていた彼に、俄然《がぜん》飛ぶことの面白味を教えてくれた機体だった。頑丈で、鈍重で、それでいて繊細な攻撃機。それがハーキュリーズ・スペクターだ。

かつて訓練中殉職したライバル・パイロットと奪い合った恋人は、ブルドッグの機付き長として、機内で戦死した。

今ではもう、継ぎ接《は》ぎだらけの老体だった。

一発が左一番エンジンに命中し、二発が主翼の付け根に命中した。後続の二発は、その爆発の周囲で誤爆した。

爆風がイーグルを叩いた。

左一番エンジンが吹き飛んで脱落する。だが、ブルドッグはまだ飛んでいた。左へ傾きはしたが、まだ飛んでいた。残り三発のプロペラは力強く回っていた。

続いてまた四発が向かって来る。

今度は、一発が右三番エンジンに命中し、残り三発はその爆発の中に突っ込んで行った。

ブルドッグの右翼が折れ、がくんと前のめりになると、煙を吐きながら墜落し始めた。

「さよなら、ブルドッグ！　世話になったな。さあて、ブルドッグの仇《かたき》を取らせてもらうぞ！」

飛鳥は、煙の陰からひょいと姿を現わすと、まず目の前の二機に向かって9Rを発射した。四機のフランカー戦闘機は、一瞬驚いて何の連携もなしに散開し始めた。

9Rが一機に命中する。飛鳥はすぐさま追尾に移って、二機編隊の一機にバルカン砲を浴びせかけた。四機いたフランカーは、一瞬にして、それぞれのウイングマンを失った。

飛鳥はぐるぐる首を回して敵を追った。うかつにフレアを発射しながら逃げる敵に、9Rを撃つ。すぐ切り返して、もう一機を追う。

ほとんどの戦闘が、半径三〇〇〇メートル内の球体の中で行なわれているようだった。

逃走しようとする残る一機をバルカン砲で撃墜する。

サイドワインダーの9Rは、あと三発残っていた。後ろを振り返ると、アナハイムは旋回中だった。

アフター・バーナーを焚《た》きすぎたせいで、燃料が半分以下に減っていた。

前方に、まだ一六機の敵が迫っていた。

「さて、自衛隊さんは出て来てくれそうにないし、ミサイルも燃料も心許《もと》ないが……」

その瞬間、何かが上空を横切った。それもすさまじいスピードで。慌てて顔を上げる。

F—22ラプターだ！　しかも四機編隊。

「こちらはチャック・バードン中佐だ。なかなかやるじゃないか？　イーグル・ドライバーさん。だが、ちと残された敵が多すぎやしないかい？」

「アメリカ空軍が肝心の時に、逃げ出すもんだからさ。飛んじゃいけないのじゃないかい？」

「なあに、俺たちは実戦部隊じゃない。それに、ワシントンの連中に引っかき回されるのは好きじゃない」

「俺の助けがいるかな？　いささか燃料も武装も心許ないんだが、四機でも分《ぶ》が悪いはずだ」

「たった一六機相手に、ラプターのお出ましだ。いずれは、自主開発などと言わずに、この機体を日本にも買ってもらいたいからね、まあ、ビデオでも回しながらじっくりと見物しておいてくれ」

F―22は、スーパー・クルーズ能力で敵編隊に突っ込み、敵に攻撃する暇すら与えずに、瞬《またた》く間、フライパスする間に半分を叩き墜とした。

旋回してドッグファイトに入ると、飛鳥が払った半分以下の努力で、残りを撃墜していた。一六機のミグやスホーイが全滅するまで、ほんの二分とかからなかった。後には、パラシュートの花がそこかしこで開いていた。

バードン中佐は、アナハイムへと帰投《きとう》する飛鳥の隣りに並んで親指を立てて見せた。

「さて、ミスター・サムライ。それともミスター・カミカゼと呼んだほうがいいかな?」

「誤解しないでくれ。俺は敵を撃墜できる自信があったからこそ、戦ったんだ」

「そいつは失礼した。じゃあ、ミスター・サムライ。われわれは、ここには来なかったことにしてくれるとありがたい。二〇機の敵は、一機漏らさず、君とアナハイムで撃墜したことにしてくれ。なにしろ、われわれは真っ直ぐ、米本土へ向けて飛び発《た》ったことになっているのでね」

「了解した、ラプター。ところで、今度アメリカへ行く機会があったら、ちょっとコクピットに座らせてもらえないかな?」

「おやすいご用だ。君のような天才肌のファイター・パイロットならいつでも歓迎するぞ。もっとも、その時は私とさしで勝負してもらうが」

「了解。腕を磨いとくよ」

ラプターの編隊は、飛鳥と、アナハイムに対して翼を振ると、超音速巡航で、水平線の彼方《かなた》へとあっという間に消えて行った。

飛鳥は、アナハイムのブリッジのやや前方に占位して飛んだ。

「こちらはチェンバレンだ。なんというか……、少佐。君という男は、とてもまともな神経の持ち主には思えないな」

「そうですか？　ただ、このシートが性《しょう》に合っているだけだと思いますがね」

「フライト・コントロールを完全に回復した。旋回、下降上昇、いっさい問題ない。着艦するかね？」

「エレベーターは動かないんでしょう。ロープでデッキを転がるのはもう勘弁させてもらいますよ。うちのクルーは無事ですか？」

「いや、コーパイは、肋骨《ろっこつ》を折り、コーパイの体重ごとデッキに転がった機関士は、腰の骨を折った様子だ」

「そいつは運がいい。うちの機関士で死なずにすんだのは、彼が初めてですよ」

「何が運がいいってのよ!?」

麗子の雄叫《おたけ》びがイヤーパッドを圧した。

津軽《つがる》海峡上空で、飛鳥は、アナハイムに別れを告げた。アナハイムは、夕陽を浴《あ》びて神々《こうごう》しく輝いて見えた。

「飛鳥さん。私の機体、せめてミサワまで無事に運んでくださいね」

「ああ、アップルトン大尉。ヘルメットも間違いなく届けるよ」

「それから、約束ですよ。一緒にカリブへ行きましょうね」

「そいつはぜひ実現してもらいたいね」

飛鳥は、アナハイムを回るように大きなロールを打った。

つくづく、技術の力は偉大だと思った。

エピローグ

アナハイムは、数日後の闇夜にまぎれて、エリア51の秘密滑走路に着陸した。

国防長官は、アナハイムがもたらした混乱の責任をとるという形で、スキャンダルが表沙汰《ざた》になる前に職を辞した。アッカーマン将軍も、定年を待たずに退役を強《し》いられたが、こちらは満足しきってのリタイアだった。

ポークフライは、日本の景気が回復しないことで再就職をしばし諦《あきら》め、NOVAの修理に没頭した。

アリス・マクリーン議員は、相変わらず議会で謀略と騙《だま》し合いの日々をすごしていた。

ウォーケン青年は、アナハイム救出の功績が認められ、国防総省から法外な奨学金を受け取った。口止め料の意味もあった。

レッド・ドッグのオッペンハイマー中佐は、大手術の末、一命を取り留め、今リハビリの最中だった。もちろん、新しいメンバーでレッド・ドッグを再建するのが、死んでいった部下たちへの償《つぐな》いだと信じて疑わなかった。

ファクトリーのウレンゴイ博士は、新たなオモチャの設計に没頭していた。今度は、アナハイム・クラスの大型機を、衛星軌道上に打ち上げる計画だった。それとは別に、アナハイムの二番艦オーランドが建造中であることは、極秘扱いにされていた。

アップルトン大尉救出に駆り出されそうになった日本人ヨットマンは、みごとスピード記録を塗り替えた。

サワコ・アップルトン大尉は、嘉手納の実戦部隊への異動が決まっていた。


数カ月後――。

USS―アナハイムは、高度一〇〇〇〇フィートまで降下すると、水平飛行に移った。

ブルドッグ・チームのリーダー、佐竹護二佐は、危険作業デッキに仁王《におう》立ちになると、サングラスの奥から全員に睨みを効かせた。

「スーツケースは、すでに届いているという話だ。一〇日後には、間違いなくロズウェル空軍基地まで全員出頭すること。そこでは、休暇のことなど綺麗に忘れて、猛訓練に励《はげ》んでもらうからな」

「能書きはいいからさ……」

飛鳥がぼやいた。

「島がどこかに行っちゃうわよ……」

麗子もぼやいた。

ブルドッグ・チームは、ロズウェル空軍基地で、アメリカ政府から寄贈される最新のスペクター攻撃機、AC—130ガンシップのUタイプを受け取り、習熟訓練を行なうことになっていた。もちろん、飛鳥には、ラプターに乗せてもらうという別の楽しみもあったが。

「よし、持ち物チェック！　まずパスポート」

全員が、パスポートを出して右手に掲げる。サワコ・アップルトン大尉だけが、合衆国のパスポートを出した。

「次、USドル！」

全員、一〇〇〇ドルの現金を持たされていた。

アメリカ政府は、各自一〇〇〇〇ドルの手当を支給してくれたが、「生活が派手になる」という佐竹の一言《ひとこと》で、九〇〇〇ドルは佐竹が通帳を保管する定期預金口座に素通りしていった。

「いいか、貴様らが滞在するクリスタル・パレス・リゾート・ホテルには、バハマ最大のカジノがあるそうだが、行った連中の話によると、儲《もう》けは出ないという話だ」

「カジノにあるCDマシーンは、ビザ・カードで、キャッシュがおろせるって話だぜ……」

誰かが呟《つぶや》いた。

「とにかく！　はめを外すことなく、国家公務員たる自覚を持って日々行動すること」

「幼稚園児じゃあるまいし、そんなに羨《うらや》ましいんなら、一緒に行けばいいだろうに」

「だから、俺の女房は、その一〇〇〇ドルの小遣いすら持って帰れという薄情な女なんだ。笑うな！」

佐竹はまったく悔《くや》しそうに嘆《なげ》いた。

「必要なものをビニール・ケースにしまえ。バハマ政府の好意で、海岸で税関職員が待機してくれている。ここはリゾート地のわりにはイミグレーションが厳《きび》しいところだ。失礼のないようにな」

全員が装備をチェックし、パラシュートのハーネスをもう一度締め直した。

「よし、シャッターを開けるぞ！」

ハンティトン曹長が、ハンドルに取り付いた。

「大尉、妙な男に引っかからんようにな」

「残念だわ。曹長も一緒だとよかったのに」

「俺はここが一番のお気に入りでね」

チェンバレン艦長が、スピーカーから呼びかけた。

「間もなくケーブル・ビーチ上空だ。早朝なので、風はほとんどないはずだ。コースト・ガードの朝の定時パトロール時間なので、コースアウトした諸君は救難ヘリに拾ってもらえるだろう。それから、夕食は最上階の展望レストランに、ワイン付きでフランス料理を予約しておいた。じつは、下でアッカーマン将軍夫妻が待っている。ささやかなお礼をしたいとのことだ。じゃあ、休暇を楽しんでくれたまえ。縁があったら、またどこかの空で逢《あ》おう！」

シャッターが開き始めた。

「目指すは、ケーブル・ビーチにあるメインタワーの砂浜だ。目印のホテルは、各層が七色のレインボー・カラーに塗装されているので迷うことはない」

佐竹は形式ばった敬礼をよこすと、にやりと笑った。「少しでも上官を思うなら、儲けて帰って来いよ！」

悲痛な叫びに、みんなが「ウォー！」と雄叫びを上げながら、ひとかたまりになって空中に躍《おど》り出た。

彼らの真下には、日の出を待つ凪《な》いだカリブの海が広がっていた。

本書は一九九七年六月に祥伝社より刊行された『飛行空母《アナハイム》を墜とせ　―シリーズ制圧攻撃機《ブルドッグ》出撃す―』を改題し、文庫化しました。

本作品はフィクションであり、実在の個人・団体などとは一切関係がありません。

文芸社文庫

飛行空母《アナハイム》を追え！
制圧攻撃機《ブルドッグ》突撃す

二〇一八年十月十五日　初版第一刷発行

著　者　大石英司
発行者　瓜谷綱延
発行所　株式会社　文芸社
〒一六〇-〇〇二二
東京都新宿区新宿一-一〇-一
電話　〇三-五三六九-三〇六〇（代表）
〇三-五三六九-二二九九（販売）
印刷所　図書印刷株式会社
装幀者　三村淳

ISBN978-4-286-20311-9